ナゼル様は研究所の隅にあるプランターを手で指し示した。そこには黄色く可愛い花を咲かせた菊芋が植わっている。
「……すごい」

アニエス・
フロレスクルス
辺境で暮らす、元『芋くさ令嬢』。妊娠中のため、安静を言いつけられている
ナゼルバート・
フロレスクルス
元王女に婚約破棄された青年。アニエスの夫で妻の妊娠に過保護が加速中

ポール
ポルピスタンに留学中のアニエスの弟。魔法も勉強も優秀
リューク・シンブレ
ポールの友人。大盾の魔法を持つが、臆病で戦闘は苦手
バレン・ポルピスタン
ポルピスタンの第二王子。マスルーノ国立学校の理事長を務めている

「俺はアニエス一筋だよ」
「私だって、いつも言っていますがナゼル様一筋です」

芋くさ令嬢ですが
悪役令息を
助けたら気に入られました
5
著 桜あげは
Ageha Sakura
絵 くろでこ
kurodeko

Contents

It is the girl who was not sophisticated,
but I was liked by villain when I helped.

0 序章

デズニムから見てはるか南西の地では、穏やかな青白い月が、静かに乾いた草原を照らしていた。

近隣に建つ城では、魔法研究分野において進んだ研究がなされている。

この日も夜になっても城内にある研究塔では明かりが灯《とも》され、研究員たちが慌ただしく走り回っていた。

彼らのもっぱらの研究テーマは「聖女」で、過去に聖女が発見されたと伝えられる地を巡り、情報を集めている。

そんな中、どう見ても研究員に見えない黒衣の青年が、上司の前で淡々と報告書を読み上げていた。

「歴史の研究員によると、最新の目撃情報は、お隣のポルピスタンにある文献。巷《ちまた》で流れている聖女の情報と大差ないような内容だった。文献に記されていた魔法は『治癒』と『浄化』、『結界』などだな」

こちらは潜入調査の結果、わかった情報だ。もっとも、潜入したのは青年ではないが。

「そうですか。目新しい情報はありませんでしたか」

報告を聞いた上司は、頬に手を当てて報告された内容を反芻《はんすう》している。

上司と言っても数歳年上というだけの彼は、小麦色の肌に艶《つや》やかな黒髪を持ついいところのお坊ちゃんだ。

彼は青年を一瞥《いちべつ》すると、質問しながら話の続きを促した。

「なら、デズニムで最近発見された聖女と類似する魔法の持ち主についてはいかがです？」

「聖なる魔法の使い手、ロビン……だったっけ？　実際に見たわけではないから微妙だけど、本当に聖女っぽい魔法らしいよ。魔法の内容は未知で国王も興味を持ってたな」

「ぜひ確認すべきかと」

笑顔の上司を前に、青年は面倒くさそうに眉を顰《ひそ》める。

（これだから、現場に出ないやつは嫌なんだ。ぬくぬくと研究塔で遊びながら指示ばかり出して、デズニムに行くのがどれだけ面倒かわかってない。どうせ旅の行程も、資料や文献での内容しか知らないのだろう）

だが仕方がない。青年の上司は、簡単には外出できない身分なのだから。

燭台《しょくだい》からこぼれる光に照らされた端麗な横顔は、青年の苦労など興味ないと如実に物語っている。

「あのさあ、デズニムってここから遠いんじゃない？　ポルピスタンを回っていかなきゃならないけど今、うちとあの国は国交断絶中」

「しかし、行く価値はあるかと思いますよ。ポルピスタンを迂回《うかい》するか、デズニムとポルピスタンの国境である川を伝って東の山沿いを進むか」

これは「調べてこい」という命令だ。青年は唇を噛《か》む。

「はいはい。どうせこっちには断る権利なんてないよね？」

「重要な役目ですよ。使えそうな力であれば、ポルピスタンの力を削《そ》げるかもしれない。過去に現れた聖女がこの国の力を削いだように」

数百年前のことを言われても、青年には関係ない話だ。

ポルピスタンなんて、わざわざ手に入れるほど旨《うま》みのある国ではない。

昔は豊かな土地だったが、今では国土の半分ほどが砂漠。残りの半分の土地でも不作が問題になっている。

しかし、上司にとって、そんなものは気にならないのだろう。

小さくため息を吐《つ》いた青年は上司の前から移動し、旅立ちの準備を始めるのだった。

1 芋くさ夫人、スートレナで三年目を迎える

暖かな陽光が緑色の葉を透かし、スートレナの大地に静かに降り注いでいる。

庭の木陰に座り休んでいた私は、そっと頭上を見上げ大きく息を吸い込んだ。

「う〜ん、ほっと和む光景。乾季ならではね」

大きな木の根元には料理人のメイーザが作ってくれた、軽食の入ったバスケットが置かれている。

中には、とても美味《おい》しそうな芋サンドがずらりと並んでいた。

これは最近スートレナで栽培を始めた新種の小麦で作った白パンに、ペースト状にした芋を挟んだという彼女の新作だ。

すっと手を伸ばした私はそのうち一つを手に取り口へ運び、もぐもぐと咀嚼《そしやく》する。口の中に濃厚な芋の風味がふわりと広がった。パンも柔らかでもっちりしている。

「んんっ、美味しい。さすがメイーザの芋料理、何個でも食べられそうだわ」

食欲に火が付き、二つ目、三つ目のサンドイッチに次々に手が伸びた。

バターと砂糖を加えたサツマイモサンドはクリームと相まって美味で、胡椒《こしよう》のきいたジャガイモサンドはマッシュされた芋に飴色《あめいろ》の焼きタマネギが混ぜてある。

山芋サンドはポルピスタンから輸入されているスパイスと共に炒《いた》められていて香り高く、どれを

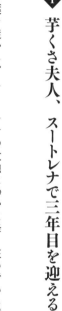

ていた。

取っても絶品だ。

国境沿いの領地でかつ、私とラトリーチェ様の仲がいいこともあって、最近スートレナでもポルピスタンとの交易を開始した。

本来は交易品は王都でしか手に入らなかったのだが、今はスートレナでも入手できるようになっている。

おかげさまで以前よりも領内は潤っていた。

あっという間に、私は芋サンドを完食する。

スートレナ産の植物で編んだバスケットの蓋を閉めて自分の隣に置き直し、隣にあった水筒からハーブティーを飲んだ。

スートレナへ来て三年目を迎えた私は、すっかりこの場所に馴染《なじ》んでいる。

まだ目立たないお腹《なか》を、私は右手で優しく撫《な》でてみた。

(つわりもほぼないし、順調だわ)

もうすぐ妊娠四ヶ月。私とナゼル様の赤ちゃんは、お腹の中ですくすく育っているようだ。

妊娠中の私はスートレナの皆から「絶対安静」を言い渡されている。

それはもう、ヘンリーさんから屋敷のメイドの皆さんに至るまで。

大げさだと思うが、ナゼル様もケリーもそこは頑として譲らない。

そういうわけで、私はスートレナへ帰ってきてから久しぶりに、静かにのんびりした時間を過ごしている。

少し離れたところではダンクが澄んだ噴水の水を飲んでおり、ジェニは真っ赤に色づく大きな花が並ぶ花壇の前で眠っていた。

「ふわぁ、私も眠くなってきたかも。ちょっと一休みしようかしら……」

「そんな場所で眠ったら、風邪を引いてしまうよ」

うとうとしていると、目の前に影が落ちて頭上から優しい声が響いた。見上げなくても相手が誰だかわかる。

「おかえりなさい、ナゼル様。お仕事お疲れ様です」

目を開けると、ちょうどナゼル様が屈《かが》んで私に目線を合わせてくれているところだった。美形なお顔が間近に迫る。

思った以上に距離が近く、私はボボボッと頬を赤くし目を白黒させる。

「ただいま、アニエス」

「あの、その、ナゼルさ……んむっ!?」

照れているとナゼル様の手が背中に回り、ぐっと抱き寄せられ唇を奪われた。

一気に眠気が吹き飛ぶ。

「あっ、待っ……んっ」

私はあたふたと取り乱すけれど、マイペースなナゼル様からは、一向に気にする様子が見られな

い。

「んっ、んー！」

諸々《もろもろ》精一杯の私は真っ赤になって目を閉じるが、ナゼル様は容赦がなかった。

「っ、はぁ、口、開けて？」

「やっ、駄目ですって、ここではあっ……ふっ⁉」

片手が頬に添えられ、深く、さらに深くまで口づけされる。

やや間を置いたあと、ナゼル様の唇はゆっくり離れていった。

「ふふ、アニエスはいつまで経《た》っても恥ずかしがり屋で可愛《かわい》いな。さて、目も覚めたみたいだし屋敷へ戻ろう。君に見せたいものがあるんだ」

ナゼル様は私の両手を取って立ち上がらせ、自分は芋サンドの入っていたバスケットやハーブティーの水筒を片手に庭を進んでいく。

乾季に力強く咲く大輪の花々に囲まれた小道を横切ると、キッチンに続く裏口が見えてきた。

近頃の私たちはこうして裏口からキッチンへ出入りすることが多いのだ。

早速中に入ってみると、メイーザが夕食の下ごしらえをしていた。

部屋全体に出汁《だし》に使うための野菜スープの香りが漂い、助手のメイドたちが大量のジャガイモの皮を剝《む》いている。

すっとするような独特の香りはハーブだろうか。

「メイーザ、芋サンドをありがとう。とても美味しかったわ。ハーブティーもね」

お礼を言うと、メイーザは微笑《ほほえ》みながらナゼル様から空になったバスケットを受け取る。

「お気に召していただけたようで何よりです。次回作もご期待ください」

「ええ、首を長くして待っているわね」

最近食欲が止まらない私は本心からそう答え、食堂を出て行くナゼル様に続く。

目指すは屋敷の奥にある彼の研究室だ。

「あの、ナゼル様。そんなにしっかり支えていただかなくても……私、まだ普通に歩けますよ？」

妊娠中の私をナゼル様は過剰にサポートしてくれる。

「俺が心配なんだ。子供だけでなく、アニエスに何かあったらと思うといても立ってもいられない」

「うーん、ちょっと心配しすぎではありませんか？」

研究室に着くと、正面の机に茶色くてでこぼこした芋が並べられていた。

大きさはまちまちで、やや不格好な形である。

「ナゼル様、あれって……」

「菊芋だよ。東方にある国から研究のために取り寄せた輸入品なんだ」

研究室には様々な果樹や野菜が保管されている。

もともと菊芋もそれらの中にあった。

とても生命力の強い芋だが、それでも、そのままでは以前のスートレナで栽培できなかった。

現在はナゼル様の魔法と私の魔法を使ってスートレナ内の決まった畑で栽培を試みている。

「どうして菊芋を？」

「新たな品種改良に成功したから、アニエスの感想を聞きたくて」

ナゼル様は隅にある大きめのプランターを手で指し示した。

そこにはふさふさと葉を茂らせ、黄色く可愛い花を咲かせた菊芋が植わっている。

芋という名前のついている菊芋だが、実は芋の仲間ではなく、東方に咲く菊という花の仲間なのだ。

「今、この芋が植わっているのはスートレナの土だけど、アニエスの魔法なしでも元気に育ってる。種芋を植えて、普通に育てただけなのに」

「……すごい。こんなことがあるんですね」

並んで菊芋を観察する私とナゼル様は、微笑みを浮かべた表情で互いを見つめ合う。

もともとスートレナでは、どんな作物も育たなかった。

たまに見かけても、それらは全て偶然育った野生種で、人工的に栽培をすることは叶《かな》わない。

（ずっと、歯痒《はがゆ》かった）

スートレナの人々も、砦《とりで》のヘンリーさんたちも皆同じ思いを抱いていたはずだ。

（ナゼル様だって、いつも苗の改良に頭を悩ませているし）

これまでは、ナゼル様がスートレナに合わせた丈夫な苗を魔法で育て、私が各地を回り、それらに強化魔法をかけることでなんとか領内で作物を生産していた。

(でも、ナゼル様と私が揃《そろ》っていなければ生産できない作物は、リスクが高い)

しかし、ついにナゼル様の研究が実を結び、ナゼル様の魔法を追加しなくても、私の魔法で強化しなくても、人々が普通に育てられる品種が生まれた。

間違いなくこれは、スートレナの歴史的な大発見だろう。

「おめでとうございます、ナゼル様！　これなら魔法なしても、人々が自由に植えることができますね！」

告げると、ナゼル様は嬉《うれ》しそうに目を細めた。

彼は一つ一つの仕草が艶《あで》やかで、結婚してから数年経つけれど、いまだにドキッとしてしまう。

「うん、ありがとう、アニエス。でも、魔法なしで育つ強さを持った植物は、植えるにあたって気をつけなければならないこともあるんだ」

「例えば、どんなことですか？」

「有名な話だと、東方の国の菊芋は、改良品種でなくとも強すぎて雑草化してしまった歴史がある。魔法で改良した菊芋は、豊かな土壌だと芋が無限に増殖しちゃうから、栽培場所はスートレナのような、作物の育たない荒れた土地限定にしなければならない」

「それは大変。皆に周知しなければなりませんね」

とはいえ、現状この強力な芋を必要としているのは、スートレナくらいだと思う。他の土地では普通に野菜を生産できるからだ。

「最初に成功したのは菊芋だけど、同じように魔法なしで育つ野菜をどんどん増やしていきたいな。アニエスの負担も減らせるし」

今までのやり方は不便だったので、今回のナゼル様の発明は画期的といえる。

（今みたいに妊娠していたら、頻繁には出かけられないものね）

各地に立派な芋畑ができるのが楽しみである。

「私がいなくても、皆が芋を育てられるのはいいことですね。菊芋ならお茶にするのも美味しいんですよ。芋を細かく切って乾燥させ、煎ってからお湯を注ぐんです」

「アニエスは芋料理に詳しいね」

「菊芋茶は妊婦でも飲めると、メイーザに教えてもらったんです。それに、菊芋は料理にも使えますし、ダンクも喜んで食べるんですよ」

食欲旺盛な騎獣のダンクは芋……中でも菊芋が大のお気に入りなのだ。

わくわくしていると、ナゼル様が不意に私のお腹に視線を送ってきた。優しげな熱のこもる柔らかな視線は、プライベートな内容を話すときの彼の仕草だ。

「ねえ、アニエス。体は大丈夫？　無理をしていない？」

「はい。皆さん親切なので、無理をするような事態にはなりません」

あと半年ほどで、お腹の中の子が外に出てくる。

その日のことを思うと楽しみなのと同時に、ちょっと怖い。なにせ、初めての出産なので。

（なるようになると、経験者の皆は言っているけど）

ケリーは既に大量の産着を生産しており、メイドたちも赤ちゃんのための道具を揃えたりと張り切ってくれている。

（頑張ろう……）

少々プレッシャーがかかるが、それが領主夫人の大事な役目の一つでもあるので、皆のためにもきちんと成し遂げたい。

「そういえば、この子の乳母は誰になるか決まったのでしょうか？」

ふと湧いてきた疑問を、私はナゼル様を見つめて問いかけた。

デズニム国の貴族女性は子育てする際に乳母を雇うのが一般的だ。

仕事や社交があり、どうしても子供につきっきりになることができないため、信用できる女性を乳母として子供のそばに置く。

最近のスートレナは目立っており、様々な思惑を持って近づいてくる人間も多くなってきた。

中には下心や悪意を持つ人もいるかもしれない……と、ナゼル様が言っている。

（身元が確実な相手でないと、受け入れられないのよね）

我が家では同時期に出産する、なるべく身元のきちんとした女性を迎え入れる方針だったが、まだ誰になるかまでは決定していなかった。

「乳母の件は引き続き募集しているし、俺も探すから、アニエスは心配しないで」

そう言って、ナゼル様は私の髪を掬《すく》って唇を落とす。

「先のことにはなるけれど、アニエスはそれまで無理をしないように」

「はい！」

今のところすこぶる元気で頑丈だ。

ナゼル様の過保護な方針は行きすぎているので、自分の体のためにも適度に行動しようと決意する私だった。

（もう少ししたら安定期だし、運動もした方がいいと思うの）

問題はナゼル様の絶対安静宣言をどうやって躱《かわ》すかだが、話し合いでは勝てる気がしない。

「アニエス、何を考えているの？」

「えっ……!?」

ギクリと反応した私の頭の中を、ナゼル様は予測しているかのように、圧のある笑みを浮かべていた。

「ナンデモアリマセン」

やや間を置き、ナゼル様はふんわり微笑みなおす。

「そっか。そういうことにしておくよ」

全てをお見通しかもしれない彼に、私は問答無用で優しく抱きしめられた。その上、後ろから両手をきゅっと握られてしまう。

「アニエスはいつも可愛いから、過保護だとは思いつつも、つい家から出したくなくなってしまう。君の魔法の件もあるし」

私の魔法は「絶対強化」。意思や解釈により対象をいろいろな方向で「強く」できる。

「ものを強くするだけでなく、人の治癒力まで強化しちゃうなんて、不思議な魔法ですよね」

「アニエスの認識次第では、もっと様々なものを、あらゆる意味で強化できそうだな」

「期待されているところ申し訳ないですが、私はあまり想像力が豊かな方ではないですよ」

「じゅうぶん豊かだと思うけど」

素直にそうだとは思えない。ナゼル様は私を買いかぶりすぎだ。

厳格な古《いにしえ》の習慣に支配されていたエバンテール家の中で、想像力を育むなど至難の業《わざ》である。

「ナスィー伯爵家で、君は瀕死《ひんし》状態の俺を助けてくれた。それに最初の苗のときだって、弱っていた果樹に君は奇跡を起こしたんだ。普通ではできないことだよ」

「それは、状況が状況だったので必死だっただけです」

「君の凄《すご》いところは、そういう部分だと思うな」

自分にとって当たり前の行動を改めて褒められると面映《おもは》ゆい。

「……ナゼル様、褒めすぎですよ」

面と向かって告げられると、いまだにどうすればいいかわからず赤くなってしまう。

「君は自慢の奥さんだ」

今度はあちこちにキスをしてくる旦那様。子供ができても彼の愛情は止《とど》まるところを知らない。

「もうっ、またそんなことを言って」

「本当のことだから仕方ないね」

そう言って笑う旦那様に、私はこれでもかというくらい、甘く激しい愛情表現をされてしまった。

戸惑うものの、これがナゼル様の癒やしとなるようでついつい受け入れてしまう。

なぜなら、スートレナの運営状況は良好だが、状況がよくなったにもかかわらず、相変わらずナゼル様は忙しいいままだからだ。

デービア様の反乱の一件で、ナゼル様の領地がまた増えてしまったのが原因だ。

もらったのはスートレナより条件のいい土地だが、びっくりするくらい内政に携わる人材が不足している。

どうして、こんなことに……と、頭を抱えてしまったのも記憶に新しい。

新たな領地は元王妃派で率先して反乱を煽《あお》っていた貴族のものだった。

要職は彼に迎合していた人間が大多数を占めていたが、反乱が解決した今、当事者は捕縛され、そういった人員は一掃されている。だからこその人手不足だ。

元王妃派の中で比較的元王妃に思い入れがなく、惰性や立場で動いていた者は残しているが、それでも大半が捕まったり要職から外されたりしているため、現場がいっぱいいっぱいらしい。

ナゼル様は各地を往復し毎日忙しく飛び回っていた。

諸々の問題が山積みな新たな領地では、不思議なことにナゼル様自体は歓迎されているらしい。

なんといっても、スートレナを立て直した実績があるから心強いと、まともな役人ほど彼の来訪を喜んでいるとか。

それに、話を聞けば、そういった人たちは、もともと他の働かない職員の尻拭いに奔走していた。

今更大半の職員がいなくなったところで、忙しさでいうと、今までとさほど変わらないらしい。

初めてその事実に直面したときのナゼル様は遠い目をしていたと、現場へ同行したヘンリーさんが教えてくれた。

さて、本日は、そのヘンリーさんも屋敷へ来る予定だという。

話し合いの結果、「ちょうどいいから、菊芋の話を彼にしてみよう」ということになった。

時間きっちりに大量の書類を運んできた彼に、私たちは新たな菊芋について伝える。

(というか、ヘンリーさん、書類で顔が隠れて見えないわ)

私は近くにいた使用人に頼んで、ヘンリーさんの書類をナゼル様の部屋まで運んでもらった。

自分で運んでもいいけれど、ナゼル様に重いものを持つのは厳禁と言われているのだ。

件《くだん》のナゼル様はダイニングにヘンリーさんを案内し、私にしてくれたのと同じ説明をヘンリーさんの前で繰り返す。

最初は客室でヘンリーさんの応対をしていたが、最近では気心も知れてきたので、彼をダイニングや仕事部屋に直接案内することも多くなっている。

特にダイニングの壁を隔ててキッチンがあるためか、ヘンリーさんはこの場所を好んでいた。

彼と料理人のメイーザは美食研究仲間で、美味しい食べ物についてよく情報交換をしているのだ。

ヘンリーさんは主に街で発見したオススメの飲食店の情報を、メイーザは自ら考案した新料理について教え合っているようだ。

ダイニングの椅子に腰掛けたナゼル様は、実験でたくさん収穫できた菊芋のうち、数個をヘンリーさんの前に並べる。

「ついにスートレナで普通に育つ作物ができたんだ」

すると、書類運びで疲れていた彼は、生き返ったようにハッと目を輝かせた。彼はいいニュースを聞くといつも、今のように喜びを表してくれる。

ナゼル様も彼の明るい顔を目にするたび、自分の仕事にやりがいを感じて喜んでいる風に思えた。

私にはそれが嬉しい。

「この種芋なら、俺やアニエスが魔法を施さなくても育つ」

ヘンリーさんはそっと腕を伸ばし、菊芋のうちの一つを手に持ち観察する。

「なるほど。スートレナの地で育つ菊芋ですか……研究に関しては、かねてよりお聞きしていましたが、本当に夢のような話です。これがあれば、この地はもっとよくなる」

ナゼル様は、震えるヘンリーさんの言葉に深く頷《うなず》いた。

「ああ、よくしていこう。俺たちがスートレナを変えていくんだ」

ヘンリーさんもまた、ナゼル様の目を見てしっかりと首を縦に振る。

「では近々、農業係のメンバーを連れて畑へ向かいます」

農業係は砦の中で農業関連の業務に携わる役人たちのことだ。砦には魔獣退治係や農業係のような部署がいくつもある。

「ああ、よければ先に試作品を見てみるかい？　研究室に育ちかけの菊芋があるんだ」

「ぜひ」

ナゼル様はヘンリーさんと一緒に研究室へ向かう。私も二人のあとに続いた。

他の作物に影響を与えてはいけないため、新種の菊芋用の畑は普通の畑から離れた場所に作るつもりだ。一つでも芋が地中に残っていると、あっという間に芋畑が広がってしまうと聞いたからである。

研究室の扉が開かれると、手前に黄色く可憐《かれん》な花を咲かせた菊芋のプランターがあった。

ヘンリーさんが眼鏡を押し上げ、屈んで興味深そうに菊芋を観察する。

「おお、これは……」

「この地で普通に世話をするだけで収穫できるなんて、夢のような作物ですね。ナゼルバート様の改良を当てにした形にはなりますが、この場所で普通の人が普通に作物を育てられるようになったのは大きな一歩です」

「そう言ってもらえて嬉しいよ。いずれスートレナは、俺の魔法なしでも普通に農業ができるような、そんな場所になって欲しいと願っているんだ」

私は感動しながら二人の話に耳を傾けていた。

すると、ナゼル様が「そうだ」と言って、唐突にヘンリーさんの方を見た。

「ヘンリーに少し相談したいことがあったんだ」

真面目な顔で首を傾《かし》げながら、プランターの前で屈むヘンリーさんがナゼル様を見上げる。

「前々から子供の乳母を探しているのだけれど、なかなか条件に合う女性が見つからないんだ。俺はこんなだから、身元が確実で信頼できる相手を探してる。誰かいい人はいないだろうか」

「なるほど。信頼できるという一点では、身近に心当たりがありますが」

「えっ、本当？」

ナゼル様が身を乗り出した。

「乳母に興味は無いか、それとなく聞いておきます」

「ありがとうヘンリー、君に相談してよかった」

目を輝かせ、ヘンリーさんに感謝の意を伝えるナゼル様。私も一緒に彼にお礼を言った。

「ヘンリーさん、ありがとうございます。あなたが信頼できる方なら安心して子供を預けられますね」

「いえいえ。ちょうどもうすぐ三人目の子供が生まれるところではありますが、なにぶん乳母の経験はなくてですね。完璧にとはいかないかもしれません」

「サポートが必要ならメイドさんたちに頼んでおきます。前向きにご検討いただけるとありがたいのですが」

本人の都合もあるため無理強いはしたくない。私たちはヘンリーさんからの新たな連絡を待つことにした。

続いて、ナゼル様は次の話題に移る。

「ところで、人手不足の件は解消できそうかな」

「まだ難しいですね。付け焼き刃的な対応ばかりでは、今はよくてもいずれ行き詰まってしまいそうです。私の方でも、引き続き人員を募ってみましょう」

「俺は他の案も検討してみる。苦労をかけるね」

「いいえ、あなたが来る前に比べれば、今は希望が見えますから。頑張りがいがあるというものですよ」

眼鏡をあげたヘンリーさんは小さく笑った。頼もしい彼に、私たちはいつも助けられている。

新たな領地を治めるにあたり人手が足りないという話だが、スートレナの人口が多くないという以外にも難しい理由が存在する。

今回追加で領地を与えられる以前にも、ナゼル様は他の地の管理を任されていたのだ。

（ナゼル様暗殺未遂で捕縛された領主のいたザザメ領に、ルブータ元神官長と繋《つな》がって悪事に荷担したヒヒメ領……）

この二つの領地も現在、スートレナの管理下に置かれている。

ほかに割ける人員がいないというのが、本当のところではないだろうか。

（私にお手伝いできること、なにかないかしら？）

一生懸命考えるが、すぐには何も思いつかない。私は引き続き、よい案を模索することにした。

翌日は、朝から砦の農業係の人たちが屋敷に集まっていた。ナゼル様はそんな彼らを菊芋畑まで案内している。昨日ヘンリーさんが帰ったあと、ナゼル様が菊芋の一部を、花壇を改造して作った菊芋専用畑に植えたのだ。

屋敷のリビングにある出窓から、私はナゼル様たちの様子をそっと見守る。農業係の皆さんは熱心に菊芋畑を観察し、記録をつけているようだ。

昨日、花を咲かせていた研究室の菊芋は、もう収穫できる状態になっているので、あとで料理してもらい、彼らに振る舞おうと思う。

さっそくキッチンにいるメイーザに話をつけ、この日の昼食は菊芋感が溢《あふ》れる一品になった。

農業係の皆さんは料理に満足し、再び砦へ戻っていったが、ナゼル様は屋敷で事務処理を行うため残っている。私はナゼル様の仕事部屋へ向かい、頑張る彼に菊芋茶を差し入れた。

「お疲れ様です、ナゼル様。少し休んでください」

彼の机の上には昨日ヘンリーさんが運んできたものも合わせて、ものすごい量の書類が山のように積まれている。ぜったいに一日で終わらない量だ。

（菊芋茶を置くスペースがないわ）

仕方が無いので、近くのテーブルにいったん菊芋茶を並べる。

「ああ、アニエス。ありがとう」

書類の隙間からナゼル様が顔を出し、私にお礼を言ってくれた。

「ずいぶん書類がたくさんあるのですね。もしかして、新しい領地のぶんですか？」

「よくわかったね？　誰彼構わず任せるわけにはいかない書類なんだ。俺やヘンリー以外に処理できる人間が増えればいいいんだけど……今のような付け焼き刃の対応では、いずれほころびが出てくるよね」

人手不足の問題はかなり深刻なようだ。

「あ、あの、私に手伝えることはありませんか？」

とりあえず提案してみたが、書類仕事において私は素人である。簡単な内容しか処理できなそうだ。

「アニエスの気持ちだけで嬉しいよ」

ナゼル様は椅子から立ち上がると、テーブルの方へ歩いてくる。

「しばらく向こうに滞在しないといけないかもしれないなぁ……単身赴任は……嫌だ……」

まさかこんなことになるとはと、ナゼル様は片手で額を押さえ天を仰ぐ。

「単身赴任!?　現場はそこまで事態が深刻なのですか!?」

思いも寄らないところに話が飛び、私は激しく動揺した。

(私だって、ナゼル様が単身赴任するのは嫌だわ)

しかしそのためには、足りない人員をどうにか調達しなければならない。

「単に人を派遣するだけではなく、俺は根本的な部分を変えなければ駄目だと考えてる。今はなんとか業務を回しているけれど、これからさらに人手が必要になるのは目に見えているんだ。でも肝心な、人員確保用の人員も足りない」

これはゆゆしき事態だ。私は心当たりを総動員して、助けてくれそうな人を思い浮かべる。

「あ、そういえば、ポールがもうすぐ学校を卒業しますよ。本人に話を聞かないとわかりませんが、弟にも手伝ってもらってはどうでしょう」

私が提案すると、ナゼル様はにこやかに微笑んだ。

「それは助かるね。本人の希望を確認しなければならないけど」

両親が投獄されたあと、ポールは現王妃ラトリーチェ様の伝手《つて》で、隣国ポルピスタンの学校に留学している。

ポルピスタンはデズニムの南側に位置する国で、ラトリーチェ様の故郷だ。

私たちが暮らすスートレナは、ちょうど国境の領地に当たり、南端の川を渡ればポルピスタンになる。ポールの学校はポルピスタンの中でも北にあるため、意外と屋敷からの距離は近いのだ。

「卒業で思い出しましたが、妊娠前に学校から卒業試験についての手紙が来て、『参加』の返事を書いていたんです」

ポールの通う学校では、毎年卒業試験を保護者が見学できるようになっているそうだ。

生徒たちの成長した姿を見てもらうというのが、学校全体の方針なのだとか。

「先日詳しい案内が届いて、試験のことを思い出したのですが。今の私はこんな体ですし、どうしたものかと」

妊娠すると思っていなかったので、当時は普通に参加する気になって返事を出していた。

「そういえば、前にそんな話をしていたね。アニエスは今の状態で行くつもりなの？」

「参加のお返事を出していますし、このところ体調に変化もありません。ポルピスタンはここから近いですから、個人的には行きたいなぁと考えていますが」

誤魔化し笑いを浮かべるも、ナゼル様の視線が若干痛い。

しかし、最近はほぼ屋敷から出ておらず、どこかへ出かけたい気持ちもある。

エバンテール家にいたときは、ずっと家にいても平気だった。

だが、スートレナへ来てからは常に何かしていたため、やることがごっそりなくなると却《かえ》って不安を感じるようになってしまった。

「たしかに、ポルピスタンは王都に行くよりずっと近いけど……」

「ポールの通う学校は、ポルピスタンの中でもスートレナ寄りなんです。授業見学だけなので、どうにかなりませんか？」

卒業試験の頃はちょうど安定期の真《ま》っ只中《ただなか》。行けないわけではない。

安定期とは、妊娠初期の不安定な体調やつわりの症状が落ち着いてくる時期である。

その考えに思い至ったナゼル様がわかりやすく悩み始めた。

「どうしてもアニエスが行きたいというのなら、騎獣を使えば馬車よりは揺れないか……ジェニには予《あらかじ》め回転しないように言っておかないと」

不安そうではあるが、旅に関してはナゼル様が段取りを立ててくれる模様。

私は大人しく彼の様子を観察した。なんだかんだで、ナゼル様は私に甘い。

「アニエスの体が心配だけど、君がずっと家にいてストレスをため込むことも本意じゃない。だから、絶対に無理をしないという条件付きでなら許可しよう。もちろん、俺も同行するよ」

「ありがとうございます、ナゼル様！」

思わず目の前の彼に抱きつくと、ナゼル様は少し目を見張ったあと、嬉しそうに私を抱きしめ返した。

「あれ……でも、お仕事が忙しいのでは……？」

「予め先の分まで片付けておけば大丈夫。今年は魔獣対策もできているし、どのみちずっと忙しいからね。単身赴任対策のために、ポールの他に優秀そうな生徒がいれば引き抜こうかな」

ナゼル様がちょっとやけになっていそうで心配だ。私も、彼の役に立てればいいが。

「それにしても、アニエスは俺の動かし方をよーくわかっているね。こういうのは大歓迎だけど……誰にでもしちゃ駄目だよ？」

ハッと、今になって自分が何をしたか気づいた私は、赤くなってナゼル様から離れようとした。

「アニエス、自分がした行動の責任は取ろうね？　俺をこんな風にして、そのままでいるつもり？　酷《ひど》いな」

耳元で甘く囁《ささや》かれ、胸がドキドキとうるさく落ち着かない。

「ねえ、アニエス？」

「そ、それはっ……」

クイと顎を持ち上げられ、琥珀色《こはくいろ》の瞳で見つめられた私は、どうすればいいのかわからず口をはくはくさせた。その口もすぐに塞がれてしまう。

（ん〜〜〜〜！）

やたらねっとりとしたキスのあと、ナゼル様は色っぽく微笑み名残惜しそうに体を離した。

「妊娠中は、無理をさせてはいけないね」

少しだけホッと胸をなで下ろす心地の私だが、続くナゼル様の「でもキスだけなら、どれだけしても大丈夫だよね？」という発言で午前中の予定が全て潰れることを確信するのだった。

※

ナゼル様のおかげでポールの卒業試験を見に行けるようになった。

私としてはありがたい話だが、そのせいでナゼル様の忙しさが倍増してしまうのは申し訳ないし、できる限り避けたい。

私は手の空いている優秀な令嬢を新たに砦に派遣することにした。

スートレナの屋敷は、家を追い出された令嬢や、家出した令嬢の駆け込み場所となっている。

ここデズニムの貴族の家では、長年の風習により令嬢が虐《しいた》げられることが多い。

風習といっても、エバンテール家のように、ぶっ飛んだ価値観をもっているわけではない。女性は結婚して子供を産むだけの存在として位置づけられているといったような話だ。

最近では貴族女性だけではなく、貴族男性や平民も駆け込んでくることがある。

過去に同じように行き場をなくし、ひとりぼっちだった私をナゼル様は快く引き受けてくれた。

だから今の私は、不遇な令嬢たちを屋敷に招き入れて保護している。

わざわざスートレナへやってくる令嬢たちは、平民になることも視野に入れているし、相当に覚悟が決まっている。

自ら働きたがる子が多かったので、試しに屋敷の仕事を手伝ってもらったところ、優秀なメイドがたくさん誕生した。

中には、家庭環境が複雑だったなりにも、きちんと教育を受けている令嬢もいて、そういう子は砦のお手伝いに派遣する。

勤勉な働きぶりが認められ、現在は砦の職員として活躍している令嬢もいるし、砦の職員と恋仲になって結婚した子もいる。

屋敷のメイドを卒業してから商売を始める子、農業に興味を持った子、魔獣退治係になってしまった子など、屋敷を出て自立したあとの進路はそれぞれだ。

少しでも私が彼女たちの力になれていればいいと思う。

（ここ最近も何人か保護したのよね。平民の子たちも増えてきたから、そろそろまたメイドがあまり気味になっているわ。彼女たちを役人のお仕事に回せたらいいのだけれど……）

ここへ逃げてくるような子たちは、実家で虐げられている場合が多く、まともな教育を受けている子はわずかだ。

（または箱入りすぎて、そのままでは社会に適応できなかったりするのよね）

数少ない教養のある令嬢や私が、時間のあるときは読み書きや計算、基本的な街での暮らしについて教えていたが、役人になるにはそういった知識だけでは足りない。仕事をしつつ追々覚えていくことも多いが、そうだとしても、もっと様々な知識がいる。

デズニム国は他国に比べると識字率が高い。特に商人の割合が高い王都では、平民でも新聞が読めるほどだ。彼らは親から教育を受けたり、家庭教師を雇ったりして文字を学ぶ。

しかし、スートレナなどの田舎では事情が異なり、文字が読めない人も一定数以上存在する。

普段使用するお金の単純な計算はできる人も多いが、商売をする人以外は文字を使うという概念があまりない。なくてもなんとかなってしまう。それがスートレナだ。

だから役人の数も領地の規模のわりに少なく、最初から「役人になるなんて、どだい無理な話だ」と諦めている人が大半だ。

（ん……？　あら……それって、文字や計算や役人に必要な知識を覚えさせさえすれば、誰でも役人になれるってことじゃないかしら？）

ナゼル様が現在求めている即戦力にはならないが、今のままでは役人を集めるにしても限度がある。数だけでなく質だって問われると思う。

新たな役人を得るには、教育して生み出すのが確実ではないだろうか。

（でも、どうやって、役人向けの人材を育てればいいの？）

スートレナに住む人々が、家庭教師を雇うというのは現実的ではない。そもそも、家庭教師という職業に就いている人がいるのかすら怪しい。

（教養を持つ令嬢を家庭教師として派遣しようにも、人数に限りがあるし……あ）

私はふと、ポールの学校について思い出した。

（そうだわ、スートレナに学校を作れないかしら。ナゼル様に相談してみましょう）

私は早速屋敷にいたナゼル様に学校についての話をし、好感触を得た。

「それはいい案だね、流石《さすが》アニエス」

基本、ナゼル様の好感触は……私に甘いだけかもしれないので当てにはならない。

でも今回は、乗り気になってくれているようだ。

「そうなると、一度陛下に相談した方が良さそうだな。ポルピスタンへ出かける件もあるし、学校はデズニム国内では初の試みだから」

ナゼル様はベルトラン陛下への手紙を書き、早速騎獣速達便で送ってくれた。近頃運用が進んできた騎獣たちは、手紙や荷物の配送も行うようになったのだ。ただし、送料は高い。

そうしてナゼル様が手紙を出して何日か経過したあと、スートレナにレオナルド殿下がやってきた。妊娠中の私が王都まで来られないのを気遣って、向こうが配慮してくれたらしい。

ラトリーチェ様も現在妊娠中のため、向こうも大変みたいだ。

話によると、彼女はデズニム国へ来る前に、ポルピスタンで学校に通っていたらしい。

しかし、今はお互いに無理はできない身だ。彼女の出産が無事に済んだら、機会を見て学校について参考になる意見を求めようと思う。

少し成長したレオナルド様は、以前よりさらにしっかりした青年になっていた。

「久しいな、ナゼルバート。義姉上《あねうえ》が来たがって暴れていたが、兄上が言葉通り全力で止めてな。代わりに手の空いている僕が訪問することになった」

国王を支える立場になったからか、ならざるをえなかったからか、レオナルド殿下は自ら働く機会が増えた。積極的に動かず何もしない性格は、確実によい方向へ変わってきている。

「それで、事前に聞いていた、スートレナに役人を養成する学校を建てる件だが、兄も義姉も賛成している。デービアの一件で、行き場のなかった領地を押しつけてしまった負い目もあるからな」

「人手が足りず困っているのはたしかです」

珍しくナゼル様が、ちくっと嫌みを言っている。

単身赴任になるかもしれない恨みが、彼の中で渦巻いているのだろう。

レオナルド殿下は「まずい」と思ったのか、慌てて目と話を逸《そ》らした。

「そうそう、ポルピスタンへ行く件で、もう一つ伝言を頼まれていたんだ。アニエス夫人の魔法についてだが……」

私の絶対強化の魔法については、王都でベルトラン陛下とラトリーチェ様、レオナルド殿下だけが知っている。

「過去にいた聖女の文献がポルピスタンにある」

彼の話に、私とナゼル様はハッと顔を上げた。

「これは王族だけが持っている情報だが、以前現れた聖女はポルピスタンの者だったらしい。で、彼女についての文献がちょうど、アニエス夫人の弟が通う学校の研究施設に保管されている。ラトリーチェから連絡を入れれば、ナゼルバートやアニエス夫人も聖女の記録を見せてもらえるだろう」

「レオナルド殿下は内容をご存じなのですか？」

「話に聞いているだけで実物は見たことがない。手続きを踏んで許可が出た者にのみ公開されている情報だが、重要事項が載っている期待は薄いかもな。運がよければアニエス夫人の魔法について何かヒントが書かれてあるかもしれない」

「ありがとうございます。ポールの学校にあるのならちょうどいいわ。向こうで見せてもらいます」

私はそわそわしながら話の続きを聞く。

レオナルド殿下は彼自身が知っている聖女の話を教えてくれた。

過去の聖女は「癒やし」の魔法の持ち主で、それは私がナゼル様を助けるために使った魔法と少し似ているようだ。

（でも、聖女は「浄化」の魔法も使えるのよね）

浄化については「絶対強化」と関係がないので、全く違う気もする。

聖女の魔法は、私のものよりロビン様の魔法に近いと個人的に思っていた。

「それから、ポルピスタンでは、ここ数年作物の生育が悪くて頭を悩ませている。スートレナの食料事情を改善した二人に、力になって欲しいと義姉が言っていた」

「こちらにできることであれば、協力しましょう」

不作の問題に関しては、仕事モードになったナゼル様が、淡々と返事をする。

わざわざスートレナまで来てくれたレオナルド殿下には、たくさんの芋料理をごちそうし、快適な数日間を過ごしてもらった。

そうして彼は「帰りたくない。帰ったら兄上に仕事を押しつけられる」と嘆きながら、騎獣に乗って飛び立っていった。

❷ 芋くさ夫人、隣国へ行く

一ヶ月後にスートレナを発《た》った私たちは、隣国ポルピスタンの北に位置する、マスルーノ公爵領へ到着した。

国立学校前にある騎獣停留所へ、ジェニに乗って安全飛行で降り立つと、事前に話を聞いていたであろう騎獣番の人がジェニを預かってくれる。

ポルピスタンはデズニムよりも早く、国全体での騎獣の運用が進んでいた。

後ろには、天馬から下りたケリーやトッレも控えている。

私は周りを見回し、初めて目にする光景に感嘆のため息を漏らした。

「ここが、ポルピスタンなのね」

からっと乾燥した風は爽やかで、青い空から照りつける太陽の日差しはスートレナより幾分か強めだ。

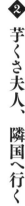

似た気候ではあるが、こちらの方が雨は少なく、固い土に覆われた赤褐色の山岳地帯が続いている。土が赤めなのは鉄分をたくさん含んでいるからで、そこには乾燥に強い作物がたくさん育てられていた。

マスルーノ公爵領は王都に次いで大きな街なので、人々も潤っているのか、大きく派手な建物が多い。それらは横一列に並んでおり、崖に張り付くように建っていた。

（山が近いから当然だけど、坂道が多いわね）

今いる場所は、ポルピスタンの王都とスートレナのちょうど真ん中に位置している。

公爵夫人が勉学や訓練に大変関心を持っているらしく、彼女の意見を聞いた公爵は自領に学校を作った。そのため、公爵は学校の初代理事長にあたる。

ちなみに現在の理事長は、マスルーノ公爵夫人の考えに賛同した第二王子——つまり、ラトリーチェ様の兄君の一人が務めているのだとか。

弟のポールが学校に編入できたのも、王族兄妹《きょうだい》の力のおかげというわけである。彼の通う学校は「マスルーノ国立学校」という男子校。

ポルピスタンに二カ所あるエリート校の一つで、試験に合格すれば年齢、貴賤《きせん》を問わず入学することができる。

とはいえ実際には学費や生活費がかかるので、ポールくらいの年齢の、財力がある家の少年がほとんどだ。弟の通学資金はありがたいことにナゼル様が工面してくれていた。

学校では三年間、高度な教育と訓練が受けられる。

その上、各種研究機関も充実しており、希望者は卒業後に各分野の専門教育も学べるようになっていた。

もっとも、家を継いだり、親の要望で卒業後の道が決まっていたりする子も多いけれど。

もう一つの学校は「王立ブーレン学園」という貴族のための共学校で、入学するには貴族の身分、そして幼少期からの在籍が必要だ。そのため、ポールは入学できなかった。

（ポルピスタンは家庭教師がメインのデズニム国とは違う方針で、学校教育にも力を入れているのよね）

もちろん、家庭教師に勉学を教わる貴族子弟も多く、彼らはその上で学校にも通っているのだそう。

デズニムの貴族の中には、ポルピスタンを野蛮な国だと馬鹿にする人もいるが、ここの人たちの学問に対する意識は高い。

マスルーノ公爵領では、今後は新たに女子校を作る話も出ているらしい。

（女子の教育では、むしろデズニム国が後れを取っているかもしれないわね）

本当にデズニムとは異なるお国柄なので、ラトリーチェ様がうちの国に馴染《なじ》むのに苦労しているのもわかる。

そんな彼女もまた、王立ブーレン学園の生徒だったらしい。

（学校かぁ……いいなぁ。憧れちゃう）

エバンテール家で家庭教師に厳しい対応を取られ続けていた私から見ると、自由に学べる環境は少しだけ羨ましい。

（スートレナにも、誰でも通えて将来に役立つ学校を増やしていきたいわね）

最終的には役人の学校だけではなく、様々な分野の専門家や職人も育成できればいいと思う。

（職人を育てる学校なんて素敵ね）

スートレナのほとんどの住人は牧畜業、農業、採取業に従事している。

現状、職人は親が職人である家に生まれた子でないとなれないのだ。

運良く弟子として働きながら技術を学べる場合もあるが、誰しもが自分の望み通りの職業には就けない。

今後スートレナは様々な産業を発展させていく予定なので、現状では職人が増えるに越したことはない。

（大人でも通える学校も欲しいわね。人員が足りない職場には、学校から生徒を紹介することもできるわ）

さらに、屋敷に来る令嬢を始めとして、大人でも学習意欲のある人が大勢いる。

現状スートレナでは、専門知識や高度な技術を持つ人員が慢性的に不足しているので、彼らが学びを深めれば、もっと領地がよくなるだろう。

なにはともあれ、まずは調査が肝要だ。

（とりあえず、ポールの学校をよく見学して勉強しましょう。聞いただけではわからない事例も多いものね）

様々なことを考えながら、騎獣停留所を出て街を見ていると、ナゼル様がそっと私の手を握った。

「アニエス、転んではいけないから一緒にゆっくり行こう」

「あ、ありがとうございます、ナゼル様」

いつでも紳士的な彼は、私を気遣いながら用心深く歩いてくれる。

ケリーとトッレが後ろから見守ってくれている中、私たちは二人で並びながら、ポールの学校へ向かって街の中を進んだ。

街のほとんどを占める、石造りの建物は、スートレナの公共建築物とも少し共通点がある。

ただ、こちらの建物は色とりどりで、見ていて楽しい雰囲気だった。

「あ、向こうに蒸し芋の屋台があるわ。あっちは謎のハーブが売ってる……」

私はせわしなく視線を行き来させる。

ナゼル様は優しく微笑《ほほえ》みながら、私の一挙一動を観察していた。

「アニエス、帰りに寄ろうか」

「いいんですか!?」

ナゼル様は安静第一の考えなので、てっきり反対されるかと思っていた。

「もちろんだよ。アニエスの気晴らしのための旅行でもあるからね。お忍びの方がよければ改めて出かけよう」

街で買い物をするくらいなら大丈夫みたいだ。

「ありがとうございます!」

嬉《うれ》しさに胸を弾ませ、私はナゼル様にお礼を言った。

「お店ももちろんですが、街の様子も興味深いです。ここはとても賑《にぎ》やかですね、さすがポルピスタンで二番目に人口が多い街です」

一番人口の多い王都は、今回の旅では訪問しない予定である。

「ポルピスタンについて勉強したの？　アニエスは努力家で可愛《かわい》いな」

「そ、その、他国や他領についいては、まだまだ知らないこともたくさんありまして……」

ごにょごにょとごまかす私に、ナゼル様は「いいんだよ、ゆっくり覚えていけば。覚えたくなければ、無理せず放っておけばいい」と甘すぎるお言葉をかけてくれたのだった。

少し歩くと二階建ての建物ほどもある巨大な校門が見えてきた。

見るからにポルピスタンの名門校が持つ威厳が漂っている感じがする。

「ケリーとトッレは、侍女や護衛用のスペースがあるからそこで待っていて。暇なら時間まで、街を見に行っても大丈夫だよ」

学校には貴族の子供たちも多く、いちいち使用人やら護衛やらを引き連れてくると人数がすごいことになる。

そういうわけで、彼らは手前のスペースで待機することが推奨されていた。

代わりに、学内には学校側で雇った警備要員が配置されている。

「かしこまりました、ナゼルバート様」

ケリーは淡々と、トッレは元気よく承諾し、彼らとは校門を入ってすぐの場所で別れる。

私とナゼル様は、校舎の奥へと足を進めた。

校内には花や木が植えられており、建物の中でも自然を感じられる作りになっている。こういう雰囲気は好きだ。

「アニエス、目的の場所はそっちじゃないよ」

後ろからぎゅっと抱き留められた私は、その場でたたらを踏んだ。どうやら間違った方向へ進みかけていたらしい。

「はい、ナゼル様。お恥ずかしい……」

「こうも広いと、迷いそうになるよね」

「うう……」

耳元でささやくナゼル様の声が艶《つや》っぽくて、もう結婚して何年か経《た》つのにいちいちドキドキしてしまう。

ただでさえ方向感覚に自信がない上に、ここはとても大規模な学校なので、迷子になる恐れは十分にあった。

私は大人しく手を引かれて、カラフルなタイルの貼られた廊下を歩いていく。

目的地は学校の中央にある中規模の訓練場。本日は、そこでポールたちによる公開演習が行われる予定なのだ。

卒業試験はまだだが、彼の日頃の姿を見る絶好の機会である。

そこへ行くまでに、私は校舎内の様々な場所を観察した。初めて見る景色は刺激に満ちている。

学校から新たに来た手紙によると、案内役にはなんと、学校の初代理事長であるマスルーノ公爵本人がついてくれるみたいだ。

予め《あらかじ》学校側に連絡をしていたため、彼は校舎の中を進む私たちを見つけると、朗らかに声を掛けてくれた。しかも、ナゼル様とは顔見知りのようだ。

「久しぶりですな、ナゼルバート君。今はフロレスクルス辺境伯と言った方がいいかな？　前回王配の仕事で使節団として来られたとき以来だ。せっかくポルピスタンを再訪してくれたのにすまないが、当学園の理事長は所用があって不在なんだ。少し前から学校付近で未知の魔獣の痕跡が多数発見されて、安全確認のため外に出ているんだよ」

当初は現理事長が私たちを案内する予定だったらしいが、近くで魔獣が出現したため出動しなければならず、身内である公爵が代理で案内に来てくれたというわけである。

「魔獣が出たといえど、ご心配は不要だよ。このあたりの土地ではよくあることで、ほとんどは害のない小物だ。人々の安全を守ることは最優先事項だから、毎回確認はしているがね」

ナゼル様は隣国でも一目置かれている上、王配候補時代は外交にも携わっていた。

そのため、公爵とも知り合いだったらしい。

（すごいわ、ナゼル様……なんでもできてしまうのね）

マスルーノ公爵はダンディーでスマートな見た目の持ち主で、日焼けした肌のスマートなおじさまだ。

活動的な性格らしく、時折学校に顔を出して生徒とも交流しているという。

今日は公爵だけだが、公爵夫人と一緒のときもあるらしい。

「挨拶が遅れましたな。はじめまして、アニエス夫人」

「はじめましてマスルーノ公爵閣下。お会いできて光栄です」

「こちらこそ、あなたに会えて嬉しい。校内には休憩所も多数あるから、遠慮なく使ってくれたまえ」

「ありがとうございます」

理事長や公爵は、私の妊娠を知っているのだろう、気を遣ってくれたみたいだ。

今のところ私は体力に溢《あふ》れているけれど、休憩所があるのは安心できる。

マスルーノ公爵は、今度は弟のポールについて話してくれた。

「ポール君はこの学校で大変優秀な成績を収めている真面目な生徒だ。あそこまでまっすぐな若者は最近では珍しい。毎日筋トレを欠かさず、試験では他の生徒たちへのサポートで活躍していたよ」

学校へ来る機会の多い公爵は、ポールのことも知っているようだ。

「あの、ポールは皆と仲良くやれていますか？」

「ああ、もちろん。この学校は個性的な子が多いが、彼も今ではすっかり馴染んでいる。特に仲のいい友人もできたみたいだ」

「よかった……」

エバンテール家は特殊な家だった。

だから、私やポールにはずっと友人と呼べる相手がいなかったのだ。

環境が変わったことで、私だけでなくポールにも仲のいい相手ができたというのは喜ばしい。

「さて、もうすぐ訓練場が見えてくる。本日はここでポール君のクラスの練習試合を見てもらう段取りになっているんだ。二対二のチーム戦で武器は使用不可の肉弾戦。魔法は直接攻撃に含まれないものなら使用可となっている……ちなみに試合の条件は毎回変わるので、武器が使える日や攻撃系の魔法が使用可能な日もある。今日は保護者の方の見学も多いから、安全面を考慮した条件だね」

ポルピスタンは武や豪胆さを重んじる国だ。

そういう文化なので、学校の授業にも武に関する方針が取り入れられているのだそう。

今回の授業もそういった内容のようだ。

芸術品のような柱が並ぶ中庭を抜けたら、件《くだん》の訓練場が見えてきた。

訓練場は小さな広場のようになっている。

とはいえ、全体が綺麗《きれい》に整えられており障害物はいっさいなく、地面は綺麗な芝生だった。

（すごい……）

そして、奥は高台になっていて、全体を眺められるように椅子が並んでいる。

あそこが保護者席みたいだ。

「ポール君のクラスは総勢二十人。訓練場には彼らと、その保護者たちが集まります」

言われたとおり、奥にある席には既に生徒の親らしき人々がちらほらと座っているのが見かけられた。

そして、運動着姿の生徒たちもわらわらと校舎の中から出てきて、訓練場で準備運動を始めている。

（ポールはどこかしら？）

私は、落ち着きなくあたりを見回した。

すると、ひときわ筋肉質な男子生徒が仲間と連れだって歩いてきた。

（あれは……！　ポールだわ！　また逞《たくま》しくなって……）

ポールは結婚式の頃と比べ、さらに背も伸びマッチョで精悍《せいかん》な少年になっていた。

（今年で十四歳だものね。それにしても、すごい成長ぶりだわ。ところで普通の十四歳ってあんなに体格がいいのかしら？）

彼の体格は同じ生徒たちの中でもひときわ立派に見える。

虚弱なマッシュルームヘアの、友人が伝書鳩《でんしょばと》だけだった弟はもうどこにもいなかった。

私も含め、もともとエバンテール一族は体が頑丈な家系だ。でないと、あんなに重いドレスを毎日着こなせない。

特にポールは背の高い母に似たのか、今では身長も優に私を追い越している。

ポールの横には、彼とは正反対の細身の男子生徒が並んでいた。

彼とポールは特に仲のいい様子で、それを見た私は感動した。

（あとで、お友達にご挨拶がしたいわ）

マスルーノ公爵に案内され、私たちも観客席へ移動する。

一番奥に広めの席が用意されており、ナゼル様が私を気遣って、そこに座らせてくれた。

しばらくして二人の教師が現れると、ポールたちの授業がいよいよ始まる。

訓練場所には四角く線が引かれており、そこが試合の場所になるようだ。線から出ると場外になり負けだと教師が説明している。

事前にマスルーノ公爵の説明にあったとおり、二対二の練習試合で、ポールは仲のよい生徒とペアらしい。二人で何やら作戦会議をしている。

とはいえ、ポールの魔法は「空中浮遊」で高度もさほど出ない……戦いには不向きな魔法だった。

どうするのだろうかと見守っているうちに、早くも最初の生徒の試合が始まる。

保護者席からは熱い声援が飛んだ。親たちも本気だ。

開始の合図と同時に一人の生徒が息を吸い込み吐き出すと、相手の生徒たちがその息に吹き飛ばされるようにたたらを踏む。そういう魔法みたいだ。

「あれは『吐息』という魔法の一種だね。吸ったり吐いたりする力が普通の人より強くなるらしいよ」

興味深く見学していると、ナゼル様が教えてくれた。

すると、押されていた相手チームの一人が、仲間を囲んだままどろりと溶けて地面に張り付いた。

もう一人は小さくなって、相方の負担を減らしている。

「あの子は『接着』の魔法、そっちの子は『身体縮小』の魔法が使えるのだ。だからあの通り、場外にならずに済んでいる」

今度はマスルーノ公爵が解説してくれる。

押されていた二人組は、地面にくっつきながら、じりじりと相手ににじり寄った。

すると、今まで何もしていなかった最後の一人が動き出す。

彼はなんと風船のように膨らみ始め、そうして自分以外の全員を無理矢理押し出そうとしている。

「『膨張』の魔法の使い手だ」

またマスルーノ公爵が教えてくれた。

魔法を使った少年は膨らんだものの、地面に接着している二人にくっついてしまい、訓練場は混《こん》沌《とん》と化した。

しばらく戦いは拮抗《きっこう》していたが、やがて魔力がつきたのか風船がしぼみ、「接着」も外れたところを、「吐息」の魔法を持った少年が一度に吹き飛ばす。

するとと彼以外の三人は全員場外へ飛ばされてしまった。

「勝負あり！」

担任の教師が声を張り上げ、決着が付いた。

「いい勝負だったね」

ナゼル様も私も、頑張った生徒たちに拍手する。

「対戦の組み合わせはくじ引きで決まるので、相性が左右される部分もあるが、今の試合は互角だったね」

マスルーノ公爵も拍手を送った。

次はなんとポールの順番だ。

（頑張れ、ポール！）

心の中で弟を応援していると、近くに座っていた保護者が突然立ち上がった。

屈強な体の力強そうな中年男性は誰かの父親だろう。目を血走らせ訓練場を見た彼は、誰よりも大きな声援を送る。

「いけぇ――――！　リューク！　我が国の騎士筆頭、シンブレ一族の力を見せるときだ！」

その声はひときわ大きく訓練場に響き、保護者たちはいっせいに声の主を振り返った。本人はそんなことを気にしてはいないようだが。

（〝我が○○一族〟って、どこかの古めかしい一族を彷彿《ほうふつ》とさせるわね）

脳裏に収監中の両親の姿が浮かんだ私は、ブンブンと頭を横に振って彼らの姿を払拭した。

過激な保護者に応援されているのは、どうやらポールと同じチームの少年みたいだ。

彼は顔を赤くして恥ずかしがっている。さもありなん。

（わかる、わかるわ少年。とっても恥ずかしいわよね）

私と同じ思いを抱いているであろうポールもまた、心配そうな顔で家族の応援に困る少年を慰めていた。

（ポールってば本当に成長したわね。優しい子になって……）

弟の変貌ぶりに、再び感動がこみ上げてくる。

そうしていよいよ教師の合図がなされ、試合が始まった。

対戦相手の生徒が、まっすぐポールたちの方に突っ込んでくる。

一人は体を高速回転させながら、まるで異国のおもちゃである独楽《こま》のようにポールたちを攻めてきた。試合を眺める私はハラハラと落ち着かない。

すると、今度はポールの相方の少年が、青い顔で震えながら身を硬くした。

比喩ではなく魔法で身を硬くしたようで、彼の前に盾のような壁ができている。

（あら、珍しい魔法だわ）

その壁が独楽のように突進してきた少年を場外に吹き飛ばした。早くも相手は一人だけになる。

「うおおおおっ！　ぬうううううっ！」

少年の父親が吠《ほ》える。息子が活躍して嬉しいのかと思いきや……。

「なんと情けない、そのような逃げ腰な態度に攻撃！　男なら自ら動いて突撃あるのみだろうが！目をつむるな、的を見ろ！」

彼は息子の不甲斐《ふがい》なさを嘆いているみたいだった。

（厳しいわ。世の中にはいろんな親がいるわよね）

少年にまた同情しつつ、私はポールの様子も見守る。

ポールは静かに地面から浮き立ち、ふよふよと空中を浮遊し始めた。

やがて、彼は超高速で訓練場の四角い枠の中を飛び回り始める。それを見た私は驚いた。

（飛行の高度も速度も、以前とは比べものにならないほど上がっているわ。あの子、あんな鋭い飛び方ができたなんて）

しかし、ポールの格好は、両腕をまっすぐ伸ばして体につけ、足もピッタリとくっつけて飛ぶ独特のスタイルだった。

それでいて、両手首から指先にかけてだけ微妙に外側に反っている。

まるで北方の国にいるという伝説の鳥、ペンギンみたいだ。

（あれは無意識に……なのかしら？　不思議な飛び方ね）

どこからも彼の動きを気にする声は出ない。私も気にしないことにした。

不思議な飛び方が板についたポールは、飛び回って残る相手を物語に登場する妖精のように華麗に翻弄している。

もう一人の少年は、積極的に攻めるタイプではないらしく、じっと魔法を構えながら相方の出方を窺《うかが》っていた。

すぐ近くで、また彼の父親からの怒声が飛ぶ。

「もっと、攻めんかぁぁぁっ！」

だが、少年は動かないままだ。

もう一人の相手は爪を伸ばせる魔法らしく、鋭い凶器でポールに迫る。武器は禁止だが、爪は体の一部だからか大丈夫らしい。

（あっ、危ない……！）

しかし、ポールは華麗に飛び回り、相手の攻撃を軽くよける。

そうして、相手の背後に回り込み……両手を交互に勢いよく前へ突き出した。

「それそれそれそれそれそれーっ！」

見事な張り手――力業である。

「ぐあああっ！」

相手はあっけなく枠の外へ押し出され、ポールたちの完全勝利となった。

ポールは意気揚々と見学中の仲間のもとへと戻っていく。皆はそんなポールを温かく迎えた。

「ポールさん、凄《すご》いっす！」

「さすがポールさん！」

「見事な筋肉だ！」

なんだか「さん」呼びされている。ここにいるのはポールと同年代、または少し年上の生徒ばかりだというのに。

（皆、キラキラした眼差《まなざ》しでポールのことを見ていない？）

一緒に戦っていた少年もポールに駆け寄り、親しげに彼の肩を抱いた。

「すごいよ、ポール。ばっちり張り手が決まったね！」

「リュークも見事でした。タイミングを合わせて魔法で相手を弾《はじ》きましたね」

「俺は自分の身を守るので精一杯だよ。ただガードしていただけで、何かを考えていたわけじゃない」

こうして全員が順番に試合をしていき、見学の時間は終了した。

私とナゼル様はポールをねぎらうために席を立つ。

彼も今日私たちが来ていることは知っていて、事前に連絡の手紙を送ってくれている。

見学席を下りて、ポールたちのいる訓練場の中央へ向かうと、ポールもこちらに気がついた。

「義兄上《あにうえ》、姉上！」

ポールは爽やかな白い歯を見せて微笑みながら手を振っている。

大好きなナゼル様が来たので嬉しいようだ。

「とても素晴らしい試合だったね、ポール。特に最後の張り手がよかった」

「ありがとうございます！　日頃の筋トレのおかげです！」

とても嬉しそうなポールは、私よりナゼル様に懐いているのだ。

彼はトッレに教わった筋トレを続けているらしい。

「姉上、ご懐妊おめでとうございます」

「あ、ありがとう」

「義兄上がいらっしゃるので大丈夫だとは思いますが、あまり無理をしないでくださいね」

しっかり者に育ちつつあるポールの言葉に、私は素直に頷《うなず》いた。

「ケリーさんはお元気でしょうか」

「ええ、今は控え室にいるけど元気よ。普段は私と一緒にいるから、宿に遊びに来るといいわ。

トッレもいるわよ」

さりげなく弟の恋に助け船を出す。ポールは嬉しそうに眼鏡をきらめかせた。

「そういえば、ポール。君は卒業後の進路をもう決めているのかい？」

ナゼル様が問いかけると、彼を見上げたポールは、ふるふると首を横に振って答える。

「いいえ、まだです。両親が捕縛された事件のあと、僕の身分は平民になりました。留学の際にラトリーチェ様には『デズニム国に戻って陛下を支えて欲しい』と言われていましたが……実際問題、平民となると、王族とお近づきになるのは難しい。だから、僕は陰ながらデズニム王家を支える手段を考えています」

「なるほど、素晴らしい目標だ」

ナゼル様は笑顔で優しくポールを褒めた。

ポールは冷静に自分の現状を把握できている。

エバンテール家がなくなったあと、ナゼル様と結婚していた私は引き続きスートレナの領主夫人となった。

しかし、エバンテール一族は貴族籍を剥奪されていて、現在は平民という扱いだ。

「では、スートレナへ来て俺を手伝ってくれないかな。幸い、うちの政務を担う役人はほとんどが平民出身だ。一つの領地を支えることが、巡り巡って国全体の力となり、陛下を支えることにも繫《つな》がるだろう」

ナゼル様は勧誘上手で、ポールは彼の言葉の中に希望を見いだしたようだ。

私は静かに成り行きを見守った。

「義兄上……」

ポールは目を潤ませ、ナゼル様の言葉に感動している。

「わかりました。そのお話、前向きに考えます」

「ありがとう。どういう道を選んでも君は俺の大切な義弟だ。いつでも頼ってくれていいからね」

ナゼル様とポールは手を取り合う。

私たちがにこやかな雰囲気で過ごしていると、すぐ近くで怒声が上がった。

「リューク！　お前というやつは、なんて情けないんだ！　大勢の前で恥をさらした、さっきの試合はなんなのだ！」

見ると、先ほどの保護者がポールの相方だった少年に怒鳴っているところだった。

驚いてそちらを向いた私たちに気がついた父親は、やや恥ずかしそうに言った。

「おっと失礼。いやはや、そちらのポール殿は素晴らしい才能の持ち主ですな。勇敢で積極的、まさしく戦士に相応《ふさわ》しいといえるでしょう。比べて、うちの愚息ときたら、情けない戦いぶりでため息が出てきますよ」

私たちはなんとも言えず、その男性の話を聞く。

「申し遅れました。私はシンブレ子爵家の当主、モラールン・シンブレです。こちらはうちの三男のリューク・シンブレ。うちは代々多くの騎士を輩出する家なのですが、リュークだけは兄たちに似ず、臆病者に育ってしまいましてなあ。なんとかしようとこちらの学校へ入れたのですが……あまり変化はないようで」

「……はぁ」

なんと応えていいかわからず、私は曖昧に返事する。

（可哀想《かわいそう》に）

リュークは落ち込んだ表情を浮かべて俯《うつむ》いている。

彼は一人を場外にしたし、活躍したのではないかと思うが、モラールン・シンブレ子爵からするとそれでは駄目らしい。軍人家系の基準は厳しそうだ。

（頑張りを認めてもらえないなんて可哀想ね。それに戦うことが嫌いなら、別の道だってあるのに……）

生まれる家は選べない。家の方針を強要されて逃げられないのは辛《つら》い。芋くさ令嬢として生きてきた私はそれを知っている。

リュークの姿が、昔の自分と重なって見えた。

（なんとか助けてあげたいけど、この場でシンブレ子爵に猛抗議するだけでは、どうにもならないわよね。何かできることはないかしら）

私はポールの姉だが、スートレナの領主夫人でもある。

感情任せにシンブレ子爵家の方針を否定することによる、自国への悪影響も考えなければならない。

シンブレ子爵は一通り息子に怒ると、さっさと訓練場を出て行ってしまった。

生徒たちは寮で生活するので、リュークはそのまま校内に残っている。

少し離れた場所から様子を見守っていたマスルーノ公爵はシンブレ子爵を見て、困ったような微笑みを浮かべ、落ち込むリュークをフォローしに行っていた。

（マスルーノ公爵は、生徒思いの人なのね）

今日は授業見学があったため、訓練のあと、少年たちは自由時間らしい。

ナゼル様の武勇を聞き知っているのか、彼の周りに生徒たちが集まってきた。皆、キラキラと瞳を輝かせている。

首をかしげる私とナゼル様に、リュークのところから戻ってきたマスルーノ公爵が説明してくれた。

「ナゼルバート君の活躍はこちらでも有名なのだよ。よければ彼らと手合わせをしてやってくれないかな？」

「私はいいですが……」

戸惑いつつも、ナゼル様は頷いた。

生徒たちは大喜びで、彼を先ほどの試合場所へ連れて行く。残された私は、公爵とその様子を見物した。

子供たちと先ほどと同じような練習試合をするナゼル様。

一人対大勢だが、ナゼル様が圧勝している……。

（あ、ポールも手合わせをしに行ったわね）

ほのぼのとした気持ちで私は彼らを眺めた。

しばらくすると、教師の一人がマスルーノ公爵に用事を知らせに来た。

「なんだって!?　すぐに向かう！」

聞こえてくる声から、急ぎの案件だとわかった。公爵はいつになく困り顔になっている。

「アニエス夫人、すまないが少し外すよ」

「はい、私なら大丈夫です」

笑って彼を見送り、私は再びナゼル様たちに視線を戻した。

相変わらずナゼル様は圧勝している。

ポールも空中から張り手を繰り出したが、ナゼル様に難なく避《よ》けられ、そのまま場外へと飛び出していった。勢いあまってずっこけている。

（あらまあ……）

一人で座っていると、ナゼル様に倒された生徒たちが、今度は私の方へと走り寄ってきた。

「アニエス夫人、夫人も強いんですよね!?」

「……？　どこからそんな偽情報が漏れたのかしら？」

私は取り立てて強くない、一般的な夫人だと思う。

「ポールが言っていましたよ。素晴らしい腕力で芋をお投げになるそうですね」

（……!?　ポールゥゥゥ！）

何がどうなってそんな話になったのかはわからないが、離れた場所に住んでいる私とポールの接点は、たまにやりとりする手紙くらいである。

近況報告をした際の手紙がおかしな風に解釈されてしまっているようだ。

「あの、アニエス夫人。よければ、僕らと手合わせを願えませんか？」

生徒たちはとんでもないことを言い出した。

普通に考えて、私が日々鍛錬に励んでいる若者と手合わせなんてできるはずがない。

「ええと、その……私、今妊娠中なので……さっきみたいな激しい試合は無理なの」

「では、腕相撲なら？　ポールから、アニエス夫人の魔法は『物質強化』だと聞き及んでおりますが、試合に使えそうなら魔法を用いても構いません」

「魔法を使ったとしても、私はあまり強くないわよ？」

念押ししたが、生徒たちは「問題ない」と言う。

仕方がないので、その場で腕相撲をやってみることにした。

テーブルは誰かが運んできたものを使う。

（体は魔法で強化済みだけど、それほど強くないことがわかれば、彼らも諦めてくれるわよね）

まだポールくらいの年齢とはいえ、ここにいるのは日々体を鍛えている少年たちだ。

皆、ものすごい腕力の持ち主に違いない。

まずは、一人の生徒と対面し、腕を机について片手を握り合った。

ちょうど隣に立っていた別の生徒が号令をかける。

「それじゃあ、レディー・ゴー！」

ルールに則《のっと》り、私はスタートと同時にぐっと手に力を入れる。やるからには本気を出す方針だ。

（そいやーっ！）

すると、ダーン！　と大きな音が鳴り、相手の腕が机にたたきつけられた。

「えっ……」

わたしはそのままの体勢で、自分の腕を凝視する。

（……ん？　あれ？　もしかして、マスルーノ国立学校の生徒に勝ってしまったの？）

おかしいな、私、普通の領主夫人なのに……。

私は普段から、魔法で自分の体を「強くなぁれ」と強化している。

魔法の効果で腕力までかなり強まってしまった……かもしれない。

（『絶対強化』の威力はまだまだ謎に満ちているわね）

圧勝してしまった私を見て、集まった生徒たちが揃《そろ》ってざわめく。

「さすが、ポールさんのお姉様！　す、すごい！」

「やはり姉弟！　強いところは似るのか!?」

「デズニム国、あなどれん！　あの国の人間は、こうも皆強いものなのか!?」

私は同じように、挑戦してきた生徒全てに勝利した。

その頃にはナゼル様の練習試合も終わっていて、彼は私のそばまで来て驚いたそぶりを見せている。

「アニエス、全員に勝っちゃったの!?」

「……えへへ。はい」

周りでは生徒たちが盛大な拍手をして、私の腕力を称《たた》えている。ちょっと恥ずかしい。

「ナゼルバート様、アニエス夫人は素晴らしい活躍をされていました。あなた方夫婦は僕らにとって尊敬すべき偉大な武人です！」

「武人!?」

そんなつもりはなかったが、私たちは二人揃って、武を重んじる国の生徒たちに称えられてしまった。

その頃になって、ようやくマスルーノ公爵が戻ってくる。問題が解決したみたいだ。

「いやはや、申し訳ない。私の留守中、何もなかったかね？」

私とナゼル様は顔を見合わせてくすりと笑ったあと、公爵に生徒たちとの交流を楽しんだことを伝えた。公爵はほっとした様子だった。

とても充実した学校見学を終えた私たちは、揃って宿へと向かう。

学校から宿までは大変近くて、徒歩で移動できる距離だった。

運動も兼ねてナゼル様や、合流したケリーやトッレと一緒に歩いていく。

しかし、隣を歩くナゼル様の様子がどこかおかしい。普段通りに見えるが、何かを真剣に考えている表情だ。

「あの、ナゼル様？　気になることでもありましたか？」

「なんでもないよ……いや、やっぱりあるのかな」

また少し考え込むようなそぶりをしたあと、彼は私に真面目な顔を向けた。

どこか思い詰めたような表情を見て、私の胸の内に不安が膨らむ。

しかし、返ってきた答えは予想外の内容だった。

「アニエス。安易に異性の手を握るのはどうかと思うんだ」

「……へ？　手？」

突拍子もない言葉に私の声が裏返る。気を取り直し、私は再びナゼル様に問いかけた。

「もしかして、先ほどの、生徒たちとの腕相撲を指してます？」

ナゼル様は難しい顔のまま黙り込む。図星だったようだ。

最近の彼はどうにも焼き餅を焼く頻度が高い。素の自分を見せてくれるのはいいことだが。

「子供相手に大人げないけれど、少し心配で。速攻で自分の試合を片付けてしまったよ」

私の腕相撲の決着が付くのと同時にナゼル様が戻ってきたのは、そういう理由からだったらしい。

「ポルピスタンは恋愛におおらかなお国柄だから、少年相手といえど心配なんだ」

ナゼル様の言うことは事実で、こちらの国の貴族は妻の他に愛人を作ったりする文化があるらしい。もちろん、全員に当てはまるわけではないが。

「余裕がない夫でごめんね」

「問題ありません。私の愛する旦那様は、ナゼル様だけですよ」

ナゼル様を心配させるのは嫌なので、そこはきっちり主張する。大好きな人に不安になって欲しくない。

「アニエス……」

「ナゼル様、大好きです」

「アニエス、俺も君のことが大好きだ」

「ナゼル様！」

二人で手を取り合っていると、トッレがツンツンとナゼル様の肩を指でつつく。

「あのぅ、お二人とも。盛り上がっているところすみませんが、通行人の注目を浴びてしまっております」

トッレは気まずそうに言って、周りを見回した。

校門を出て街へ向かう道の途中だが、今いる場所は人の行き来がある。そっと周囲の様子をうかがうと、たしかに注目されている。

（……これは恥ずかしいわ）

私たちはそそくさと歩き始め、その場をあとにした。

※

ナゼルバートとアニエスを見送ったポールは、自分の寮へ戻る途中だった。

（義兄上や姉上の前でいい活躍ができてよかった）

きっと二人とも、一人で他国に留学した自分を心配していただろう。訓練の様子を見て少しでも二人が安心してくれれば、ポールにとって本望だ。

（さて、二人は帰っちゃったし、これからどうしようかな）

この日の授業は見学目的で組まれていたため、あとは自由時間である。

とりあえず部屋に戻ろうとしていると、後ろからパタパタと走ってくる足音が聞こえてくる。

「ポール、待って！」

追いかけてきたのは、同級生のリューク・シンブレ。今日一緒にチームを組んだ、クラスで特に仲のいい友人だった。

彼は代々能力の高い騎士を輩出するシンブレ子爵家の三男で、親からは当然のごとく騎士団の幹部になることを期待されている。

事実、リュークの魔法である「大盾」は、なんでも弾き飛ばすという性質から戦闘向きの魔法だと言われていた。そして、彼自身のポテンシャルも高い。

しかし、しかしだ。リュークは今までポールが出会った中で一番の臆病者だ。

慎重すぎる性格故に、今の環境下では、せっかくの優れた能力を活《い》かせないでいる。

進んで前に出ないリュークの能力は、主に訓練で彼自身を守ることに使われ、それを先ほどいた彼の父親は叱責していた。

（でも、人には向き不向きや好き嫌いがあるから）

リュークは明らかに騎士に向いていない。才能はあっても、彼は争いごとが嫌いな性格だ。

自分の好まないスタイルを親に強要される苦しみが、ポールには嫌というほどわかってしまう。

（どうにかしてあげたいですが、今の僕は平民の身。シンブレ子爵にもの申しても、きっと相手にされない）

ポールに並んだリュークは、歩幅の広いポールに合わせて早足で歩きだす。

「君って引く手数多《あまた》だよね、ポール」

「なんの話ですか？」

「将来の就職先に困らないだろうなってこと。さっきもナゼルバート様に勧誘されていたし。うちの親父《おやじ》も君を騎士団に欲しいって言っているよ」

先ほどの会話が、リュークに聞こえていたらしい。

「リュークのお父上は、『ポルピスタン王国騎士団』の騎士団長でしたね。鍛え抜かれた、大変素晴らしい筋肉の持ち主でした」

ポールはうっとりした表情を浮かべ、リュークの父親の上腕二頭筋を思い出す。自分も早くあんな風になりたい。

毎日鍛えてはいるが、ポールの目標はデズニム国でも無類の強さを誇るトッレなのだ。

身長も伸び、筋肉もついてきたものの、まだまだ彼には及ばない。

「親父の筋肉の話はいいんだよ。ねえ、スートレナでの仕事って内政関連？」

「おそらくはそうじゃないですかね。役人と言っておられましたから……」

「そうなんだ」

呟《つぶや》くと、リュークは真剣な面差しでポールの前へ回り込んだ。

「あのさ、ポール、お願いがあるんだけど」

「なんでしょう？」

「俺もスートレナに雇ってもらえるよう、君の義兄上に頼んでもらえないかな。このままだと俺、親父に騎士団へぶち込まれちゃう。嫌だよ、幼い日のような、あんなスパルタ特訓は……」

何を想像したのか、リュークは目をつむって大げさに頭を抱えてみせた。

それほど厳しい目に遭ってきたのだろうか。

もともとポールには、リュークを助けてあげたい気持ちがあった。義兄への口添え程度なら、今の自分にもできる。

「構いませんよ。リュークは頭がいいですし、義兄上も喜んで迎えてくださるかもしれません」

「うおーっ！　ありがとう、ポール！」

正面から自分に抱きついてくるリュークを、ポールはぐいぐい押して体から離す。

「歩きながら考えてみましたが、僕も義兄上の提案を受けようと考えています。せっかくですので、二人で義兄上に会いに行きますか？　今なら街の宿に滞在しているはずです」

自分と境遇の似た友人を助けられそうで、ポールの心は浮き立った。

3 芋くさ夫人、迷子になる

ポルピスタンの、とりわけ国の北側にあるマスルーノ領の気候はストーレナとよく似ている。容赦なく照りつける乾季の太陽の下、熱気に包まれた街には人が多い。

人口が多いぶん、田舎のストーレナの活気とは比べものにならない賑《にぎ》やかさだ。

そんな街中で私は一人道の隅に立ち、キョロキョロとあたりを見回して途方に暮れていた。宿へ向かう途中でうっかり迷子になってしまったのだ。

大通りの人混みに揉《も》まれ、ナゼル様と繋《つな》いでいた手が離れ、気づけば人に押し流されて一人になっていた。

あたりを確認したが、ナゼル様たちはいない。

（宿に直接向かったら合流できるかしら。でもこの人混みに突入すると、また流されてしまいそうだわ。土地勘もないから、危険なことは避けるべきよね）

もう少し時間が経《た》てば人の数は減るだろうが、あまり時間をかけるとナゼル様たちに心配をかけてしまうかもしれない。

（早く動くべきかしら？　合流するには宿泊予定の宿へ行った方がいいわ。たしか、こっちの方角だったはず）

しかし、私が歩き出そうとするのと同時に、近くで甲高い男性の悲鳴が上がった。

「ウワァーッ！　スリだ！」

人の多いところだからか、人混みに紛れて犯罪者も潜んでいたようである。

（どこの国にもいるのね）

スリらしき人物は、男性の財布を奪ったあと、私のいる方へ逃げてきた。予想外の展開を前に、私は焦る。

（ひゃあっ、こっちに来る！　どうしよう、犯人を止めないと。でも……ああっ、そうだ！）

ふと私は、もしものときのためにポケットに里芋を忍ばせていることを思い出した。

毛に包まれてフサフサした小ぶりかつピンク色の里芋は、主に私とフルラの間で人気の投擲《とうてき》武器となっている。

「あわわ、えっと……やーっ！」

半ばパニックになりながら、私はポケットに手を突っ込むと、片手で握った芋を大きく振りかぶり前方へと放つ。

豪速芋はまっすぐスリに向かって飛び、彼の眉間に命中。スリはその場で倒れた。最近は芋のコントロールも様になってきた私である。

（ちょっと、勢いが強すぎたかしら）

周りにいた人々がざわめいている。

（まずいわ、過剰防衛で国際問題になったらどうしましょう）

芋を投げてしょっ引かれるなんて、ナゼル様に申し訳ない。

（逃げた方がいい？）

私はその場で右往左往する。困っていると、横からとんとんと肩を叩《たた》かれた。

「……っ!?」

突然のことに飛び上がってそちらを見ると、知らない男性が壁に片手をついて立っている。

ポルピスタン風の綺麗《きれい》で上質な服に、肩の上までのミディアムヘア。髪色は薄紫で、どこかで見たような取り合わせだ。片目は前髪で隠されている。

上品かつ親しげに微笑《ほほえ》みかけてくる男性を前に、私はどうしたらいいかわからず硬直しながら答えた。

「あのう、どちらさま？」

相手の意図が読めないので、私は引き続き彼を警戒する。

そんなこちらのそぶりに気がついたのか、男性はひらひらと両手を目の前で振ってみせた。

「大丈夫だよ。僕は君の味方だから」

そう告げて、ぐいっと身を乗り出してくる。

「……っ!?」

ちょっと距離が近い。

急に現れて味方だと言われても、著しく信憑性《しんぴょうせい》に欠ける上に、初対面の人を味方だと判別する術《すべ》なんてない。

魔法で相手の心情を推し測れるケリーでもない限りは、疑ってかかるべきだ。

「おーい、警吏の人～！　こっち、こっち～！　犯人、伸びてるよ～！」

しかし、その疑いは杞憂《きゆう》だったようで、男性は街の警吏をここまで呼んできてくれた模様。本当に私を助けてくれるつもりだったらしい。

警吏がスリを確保し、どこかへ連行していく。一件落着である。

「ありがとうございます、助かりました」

お礼を言って、私はその場を移動することにした。

人々に注目されてしまい、単純に居心地が悪いからだ。だが、そんな私の肩を男性が軽く摑《つか》んで引き留める。

「待って。この周辺は複雑に道が入り組んでいるんだ。君を迷子にさせたとあっては、妹やフロレスクルス辺境伯に申し訳が立たないよ」

「ナゼル様や私をご存じなのですか」

意外な言葉に私の足が止まった。

現状、スートレナを治めるナゼル様は辺境伯という扱いで、対外的にはフロレスクルス辺境伯と呼ばれている。

その呼び方をするということは、彼はお忍び中の貴族かもしれない。

「警戒しないで。事前に妹から、君たちについて連絡を受けていたから知っているんだ。街で二人を見かけて声を掛けようと思ったら、君がはぐれてしまったから。放っておけないと思って追ってきたんだ」

「妹……？」

男性の言っている意味がよくわからず、私は首を傾《かし》げた。

「あっ、自己紹介が遅れてしまったね。私はバレン・ポルピスタン。マスルーノ国立学校の現理事長だよ。火急の用で、出会うのがこんな形になってしまってごめんね」

「理事長先生!?」

この人が急用で来られなくなった件《くだん》の理事長だったらしい。

「初めまして、ポールがいつもお世話になっております！」

私は慌てて彼に挨拶する。

それと、事前情報によると、彼は理事長であると同時に王族でもあり、ラトリーチェ様の兄君の一人だ。

「あはは、理事長先生だなんて。普通にバレンでいいよ。アニエス夫人の弟君は真面目で模範的ないい生徒だね」

「ありがとうございます。バレン様」

お礼を言うと、バレン様は意味深な微笑みを向けてくる。

「な、何か？」

不敬な行動を取ってしまったのかと私は焦った。

「アニエス夫人、弟君だけでなく君自身もいい子だよね。デズニムでは妹によくしてくれてありがとう。ラトリーチェはあんな性格だからデズニムに馴染《なじ》めないだろうと思っていたんだ」

たしかに、彼女が周囲に馴染めていたかといえば、微妙なところだった。

「第一王子と政略結婚したものの、最近までは元王妃のこともあって子供も作れずにいたし、ずっと肩身の狭い思いをさせてしまっていた。僕らは大事な妹をデズニムへ嫁がせたことを後悔していたんだよ。でも、妹に君のような友達ができていてよかった」

ポルピスタンの王族は家族愛が強いのだとナゼル様に聞いたことがある。

（……今までラトリーチェ様に何事もなくてよかったわ。いろいろな意味で）

万一ラトリーチェ様の身に何か困ったことが起きていたら、彼らはデズニム国に報復していたかもしれない。

元王妃はミーア殿下に跡を継がせる気でいたから、ラトリーチェ様が懐妊したとなれば、きっとあらゆる手を使って子供を消しに来ただろう。場合によっては、ラトリーチェ様本人に危害が及んでいた恐れもある。

（ベルトラン様、ああ見えて上手に立ち回っていたのね）

今となってはラトリーチェ様も無事王妃になり、デズニム国が報復される心配は減った。

「だから今回、君がうちの国に来ると聞いて、ぜひ直接お礼を伝えたいと思っていた。会えてよかったよ」

「そんな、私こそラトリーチェ様には、たくさん助けていただいているんです。あの方はポールをこちらの学校へ留学させてくださいましたし、私にも護身術を教えてくださいました。最近では剣を習ってみないかとお誘いいただいているんです。ナゼル様……夫には危ないから駄目と言われましたけど。剣でなく山芋なら練習してもいいと言われています」

「護身術に剣か。ラトリーチェは相変わらず活発みたいだね……って、山芋？」

問われて私はハッとした。

スートレナの感覚で話していたが、ここは隣国ポルピスタン。

武器や杖《つえ》、お仕置き棒感覚で強化山芋を使う人はいない。

「ええと、ですね。山芋を私の魔法で固くして、棍棒《こんぼう》のように使うんです」

私は自身の「物質強化」の魔法と山芋の関係について、簡単にバレン様に伝える。

本当の魔法である「絶対強化」については秘密なので黙っておくことにした。

「へえ、そんな魔法があるのか、レアだし便利だねえ。さっき投げていたピンク色の物体も芋だったんだ？」

「さっきのは、強化したピンク里芋です」

「芋を武器に変えられるなんて、アニエス夫人の魔法は凄《すご》いよ。それに、君の魔法は僕の魔法とも相性がいいかも」

　バレン様はにこにこしてそう答えた。

「そうですか……?」

　彼の言うように、魔法には相性というものがある。

　例えば私の「絶対強化」とナゼル様の「植生」を組み合わせたら、植物の成長を促したり植物住宅を作ったりできる。相性のいい魔法の組み合わせだと、相乗効果により新たな現象を起こすことが可能なのだ。

「差し支えなければ、バレン様の魔法をお聞きしてもよろしいですか?」

「ああ、大丈夫だよ。特に隠す種類でもないし。僕の魔法は『金属加工』というもので、言葉の通り金属からなんでも自由に作り出すことができるという魔法なんだ。原材料の金属は手配しないといけないけれどね」

「ものすごく便利ですね。それに、珍しいです」

　金属を自在に操れるとすれば、大半の道具は手に入ってしまうだろう。

　ポルピスタンの地には鉱山が多いし、材料にも困らなそうだ。

「ねえねえ、アニエス夫人。せっかくだから、僕の魔法と君の魔法を掛け合わせてみない?　ちょうど前に作った金属の作品があるんだけど、これを強化して欲しいんだ」

そう言って、バレン様は腰に差していた短剣を引き抜く。

「この剣に魔法をかけられる？」

「はい、大丈夫ですよ」

短剣を多少丈夫にするだけなら、問題ないだろう。私は「強くなぁれ」と、彼の短剣を魔法で強化した。

（見た目は何も変わらないけれど、固くなっているはず）

バレン様はまじまじと短剣を見つめている。そして……。

「えいっ」

いきなりしゃがんで、石畳の地面に短剣を突き刺した。唐突な行動に私はびっくりする。

短剣はスッと石畳を切り裂き、その下の大地をえぐった。

「すごい。かなり強い『物質強化』なんだね。予想通り、僕の魔法と相性がいいなあ」

バレン様はにこにこしている。

のちにこのとき強化した短剣が「聖剣」と呼ばれポルピスタン国宝になるのだが、それはまた別の話。

魔法について一通り話したあと、私は彼に案内され、宿泊する予定の宿へ向かった。

道すがらバレン様が今日、不在にしていた理由などを教えてくれる。

「実はさ、この近くの農村一帯で突発的な魔獣の問題が発生してしまって、少し前から対応に追われていたんだ。田畑が一夜にしてすっからかんの大地になってしまうんだから、困ったものだよね」

聞けば、そこに植えられていた全農作物が、ある日を境に突然消えてしまったらしい。

「魔獣による食害ですか？　それとも……」

「今、原因を探っているところだよ。作物が枯れていた箇所もあったから、食害だけの問題ではないと思う。害がここだけならいいけど、広まって国の食料に影響が出たら嫌だなあ」

ポルピスタンは砂漠地帯が多いため、食料不足になりがちだ。今は不作の際にデズニムの国の食料を輸入して、そういった事態をしのいでいる。

「……『農作物が枯れる』なんて、どこかで聞いたような話です」

まるで、不毛の地であるスートレナみたいではないか。

（あ、そうだ）

私はポケットをごそごそと漁《あさ》る。そこにはピンク里芋のほかに、ナゼル様が研究していた菊芋が入っていた。

（成長が早くて荒れ地でも育つとても強い品種だから、バレン様の助けになるかも。でも、まずはナゼル様に相談してみましょう）

スートレナでも育つことができる特別な菊芋は、ポルピスタンでも育つ可能性が高そうだ。

いろいろ考えているうちに、バレン様は話を進める。

「ストーレナの噂《うわさ》も聞いているよ。何の苗を植えても育たない不毛の土地だとか」

私はバレン様の言葉に頷《うなず》いた。

「ええ、どうしてそうなってしまったのか……いまだに原因はわからないんですよね」

話しているとちょうど宿泊予定の宿の前に着いた。

歴史あるこの宿は、赤い屋根の豪奢《ごうしゃ》な造りをしており、マスルーノ公爵領を訪れたポルピスタンの王族や貴族に使われている。

そして、今のように卒業試験の時期には学校関係者が宿泊することも多いらしい。

「バレン様、ここまで送っていただいて、ありがとうございます」

「いえいえ、アニエス夫人とご一緒できて楽しかったよ。また話をしたいな」

入口の前で立ち止まっていると、正面の大きな扉が開いて中からナゼル様が顔を出した。

「アニエス……！　よかった、無事で」

「ナゼル様、やっぱりここで待っていてくださったんですね」

妊娠中で走るのを禁止されている私は、できうる限りの早歩きで彼に近づく。

「入れ違いになったらまずいと思って。宿に連絡してから警吏に捜索願いを出すところだったけど、その前に窓から君の姿が見えたから下りてきたんだ」

「ご心配をおかけしてごめんなさい。こちらのバレン様がここまで案内してくださいました」

ナゼル様はバレン様に視線を移し、仕事モードで恭しく挨拶する。

「妻を連れてきてくださって感謝いたします、バレン殿下」

対するバレン様はにこやかに答えた。

「気にしないで。こちらこそ、学校を案内できなくてごめんね。街で偶然アニエス夫人と出会って、迷子みたいだったから、こちらへ案内したんだ。妹のラトリーチェから話は聞いていたけど、とても面白い奥方だね。それはそうと、君とも話してみたいと思っていたんだよ、フロレスクルス辺境伯」

「身にあまる光栄です。私のことはナゼルバートと……」

「うん、よろしく。ナゼルバート」

「よければ、何かお礼をさせてください」

ナゼル様の言葉に、私も大きく頷いた。彼がいなければ、私はあのまま迷子になっていたか、芋投げ罪で捕まっていただろう。

「それじゃあ、ナゼルバート。今ここで少し話せるかな?」

「ええ、とりあえず中へどうぞ」

私たちはバレン様を中へ案内し、宿の人に特別に話をするための部屋を用意してもらった。

岩壁に豪奢なタペストリーが掛けられている一室で、ソファーに座り私たちは向き合う。

今まで他国の人とこうして改まって話す機会はなかった。

デズニム国とは文化が違って、こちらの人は王族といえどフランクだけれど、やはり国同士の会話ということを意識してしまう。

「ナゼルバート。君に折り入って相談があるんだ」

「……なんでしょうか」

警戒しているそぶりを微塵《みじん》も見せず、ナゼル様はバレン様の話の続きを待っている。

「内密に我が国の魔獣と食料に関する問題を解決するのを手伝ってもらえないかな」

単刀直入なお願いだった。

「バレン殿下、具体的に我々は何を支援すればいいのです？」

「君は聞き及んでいるかもしれないけれど、我が国では数年前から作物の不作が問題になっている。正確には作物が育つ土地が減ってきているとでも言おうか」

ポルピスタンはスートレナとよく似た気候で北部は乾季と雨季に分かれ、南部は常に乾燥している。

南部では植える作物に制限があるものの、スートレナのように作物を植えても何も生えてこない状態ではない。

「不作の原因はわかっているのですか？」

「いや、調べてはいるが判然としない。被害が出る場所もバラバラなんだ。ある日を境に、その地で作物が消え去り、新たに苗を植えてもすぐに枯れてしまうんだ」

ナゼル様は目だけをそっと私へ向ける。彼の言いたいことがわかった私は黙って頷いた。

（苗が枯れるのは、スートレナと同じ現象なのね）

もともと作物が育たない土地のスートレナと一緒にしては駄目かもしれないが、起こっていることは全く同じだ。

（もしかして、スートレナでも昔、似たような事件があったんじゃ……）

だとすれば、バレン様の問題を解決することがスートレナの土壌問題を解決する糸口になるかもしれない。

私は隣に座るナゼル様に顔を向ける。

「ナゼル様……」

「うん。そうだね、アニエス」

彼はこちらの言いたいことを全てわかっているみたいだった。

「バレン様、私でよければ可能な範囲で問題解決のお手伝いをしましょう。それと、もしかすると、あたらしく開発した作物が殿下の悩みを助ける一助になるかもしれません」

彼の言いたいことに気づいた私は、いそいそとポケットから持ち歩いていた菊芋を取り出す。

それを見たナゼル様はにっこりと微笑んだ。

「アニエス、護身用の里芋だけでなく、それも持ち歩いていたの？」

「えへへ、何かの役に立つかなと思って」

まさに今役に立った。

私は菊芋をバレン様が見やすいよう、テーブルの上に置く。

「これは……？」

バレン様の問いに、ナゼル様が答える。

「私が開発した、農業に適さない土地でも育つ作物です。他の作物の改良にも着手していく予定ですが、まずは菊芋が成功しました。通常の菊芋より、さらに育ちやすい性質を持っています。スートレナの土では育ちました」

「なるほど、それは興味深い」

「こちらの菊芋は豊かな土地だと育ちすぎ、他の作物を駆逐してしまうところが難ですが。場所を決めてきちんと管理すれば大丈夫。今は少ししかありませんが、スートレナにはたくさん種芋があるので出荷もできます。本当は水はけの悪い場所の方がよく育ちますが、改良品種なのでポルピスタンの北側でならギリギリ育つのではないかと」

「ナゼルバートは商売上手だなあ」

「いえいえ、とんでもない。ところで、この菊芋は大体二日ほどで育ちますので、まずは現場の土を使って育ててみるのがいいと思います」

そう言うと、バレン様の動きが止まった。

「……は？　二日で育つって」

彼は「本気で意味がわからない」という顔で私たちを見てくる。

「はい、その芋は二日で収穫できます」

私もナゼル様の発言を肯定した。

「嘘《うそ》でしょ。うちの国でも菊芋は栽培されているけど、普通は収穫に五ヶ月くらいかかるよね？」

「ナゼル様が生み出した改良品種だからです。『植生』の魔法を持つナゼル様ならではの方法ですけど。これくらい強い芋でないと、スートレナでは育たなくて。あ、連作障害はまだ克服できていませんのでお気をつけて」

連作障害とは、同じ場所で連続して同じ作物を植え続けると、病気や害虫が発生し、その作物が育ちにくくなるという現象である。

対策としては同じ場所に他の作物を植えたり、適切な肥料を撒《ま》いたり、有機物を投入して土壌中の微生物を増やしたりなどという方法がある。

根性で同じ場所に同じ作物を植え続けていれば、病原菌を食べる菌や害虫を食べる虫などが増えていき、結果的にその作物が育つようになるという話も聞いた。

現在は取り急ぎ食料を作らなければならない状況なので、前者の方法を取るのが良さそうだ。

バレン様はなぜか遠い目になっていた。

これはスートレナから諸々《もろもろ》の報告を聞いたときのラトリーチェ様の顔とよく似ている。

（さすが、ご兄妹《きょうだい》）

私はさらに詳しく説明したのだが、どんどん彼の目は遠くを見つめるようになっていった。

「不作時の輸入作物の取り引きは足下を見られがちで、どうしても価格が高騰する。そうなると、貧しい者たちは手が出せない。この芋が本当に君の言ったとおりのものなら、貧困層にとっての救世主になるだろう。ポルピスタンの土地で育つか確かめたい。ナゼルバートさえよければ、その芋を売って欲しいのだが」

ナゼル様はスマートな動きで、バレン様の言葉を承諾する。

「ありがとう、君の協力に感謝する。詳しい話は追って連絡したい。滞在期間は……」

「まだ大丈夫です。マスルーノ国立学校の卒業試験まで、しばらくこちらに滞在する予定ですから」

バレン様は「それはよかった」と嬉《うれ》しそうに頷いた。

「卒業試験は人気の行事で、大勢の保護者たちが集まるんだ。それに伴って街も賑わう。ナゼルバートもアニエス夫人も、楽しみにしていて欲しいな」

聞くだけでわくわくする話である。

(生徒たちは楽しむどころではないかもしれないけど)

真面目なポールのことだから、きっと無事卒業できるはず。弟が落第する心配はしていない。

そのあと、バレン様は今後について大体の予定を話すと、仕事が溜《た》まっているからと言って学校へ帰っていった。彼は理事長と第二王子の仕事を兼任しているらしい。

「ふう。バレン様、帰られましたね。ナゼル様、お疲れ様です。少し休憩しましょうか」

「そうだね、アニエス。君も移動をしたり迷子になったり疲れただろう」

二階建てのこの大きな宿で、私たちの部屋は上階にある一番広い場所みたいだ。私はナゼル様に支えられつつゆっくり階段を上がる。

「アニエス、大丈夫かい？」

「いつもお話ししていますが、階段を上がるくらいなら問題ありませんよ。少しは運動した方がいいんです」

「でも、ここの階段はうちの屋敷より急だ」

「急と言っても少しだけですから」

無事に階段を上りきった私は、早速部屋に向かう。ナゼル様の案内で扉を開けると、そこには明るい空間が広がっていた。

「わあ、窓から通りが一望できますね」

クリーム色のカーテンの向こうには、大きな広い道があり、左右に一階部分が店舗になった建物が並んでいる。

私は窓に駆け寄った。

「アニエス、落ち着いて」

ここでもナゼル様の過保護は健在だ。

でも、ほんの少しだけいつもと違う気がする。バレン様とのやりとりで仕事モードになっていたせいだろうか。

気になった私は彼に直接尋ねることにした。

「ナゼル様、先ほどの話し合いで、何か気がかりな内容でもありましたか？」

「そんなことはないけれど、どうしてそう思ったの？」

「いつもより、雰囲気が若干硬い気がして」

「……そっか。アニエスは気にしないでいいよ、いつもの焼き餅だから」

「焼き餅？　もしかして、バレン様に？」

「彼はアニエスを気に入っていたし、そういうのは夫の勘でわかる。もし向こうがアニエスを欲しがったら、俺は他国の王族相手に立ち回らなきゃならない。言っておくけれど、俺は絶対にアニエスを渡す気はないよ」

全くもってナゼル様の勘違いだし、そもそもバレン様は教育者として人妻に手を出すことはしないだろう。でも、そこまで私のことを大事に思ってくれる発言は素直に嬉しい。

「もちろん、そんなことにはならないだろうし、アニエスのことを疑ったりなんかしないけどね」

「はい、私にはナゼル様だけです」

私はナゼル様に近づき、彼に身を委ねて訴えた。ナゼル様は私を優しく抱擁する。

「アニエス……」

「ナゼル様……」

互いに見つめ合った私たちは、どちらともなく唇を寄せる。ナゼル様とのキスはいつも、心が満たされる。

二人の唇が離れた瞬間、部屋の扉がコンコンとノックされた。

咳払《せきばら》いしたナゼル様が渋々対応する。

「なにかな」

扉の向こうでは宿の従業員が彼に来客があることを告げている。

「アニエス、ポールが友達と一緒に俺たちに会いに来たみたいだよ。さっき話をしたところだけど、なんの用事だろう？」

「心当たりはないですね」

不思議に思いながら、ポールたちを部屋に呼ぶ。

この宿の部屋はテーブルやソファーの置かれた部屋と寝室が分かれており、客を中に招き入れることも可能なのだ。

しばらくするとポールと彼の友人がおずおずと中に入ってきた。

（あら、あの子はポールと試合で一緒だった……名前はリューク……よね？）

シンブレ子爵に紹介されたので覚えている。

二人に部屋にあるソファーへ座ってもらうと、ポールが話を切り出した。

「あの、義兄上《あにうえ》。先ほどのお話ですが、ぜひ僕をスートレナで働かせてください！」

「えっ？」

「ストーレナで働くことが、今の僕にとっては一番いいと思うんです。義兄上のお役に立てるし、様々な勉強ができる。そしてラトリーチェ様の力にもなれるかもしれない」

弟の言葉に驚きつつも、ナゼル様の表情が和らぐ。

「すぐに了承してしまって、本当にいいのかい？」

「はい！　僕に二言はありません」

考えた末、ナゼル様はポールを喜んで受け入れた。

「ありがとう、ポール。そう言ってくれて、とても助かるよ」

本当に、ナゼル様の本心からの言葉だった。

「それで、義兄上にもう一つお願いがあるのですが……こちらのリュークも、僕と一緒に雇っていただけないでしょうか？」

ポールは真剣な表情で訴えた。

「シンブレ子爵のご子息を？」

「はい、リュークは武の名門シンブレ子爵家の三男ではありますが、争いごとが嫌いなんです。本人は騎士になるよりも、役人になることを望んでいます。リュークの筆記試験の成績はクラスで一、二を争うほどのものです。きっと、義兄上のお役に立てます！」

「俺は歓迎するけど、シンブレ子爵は？」

ナゼル様に問われると、ポールは下を向いて押し黙った。つまり、そういうことだ。

今度はリュークが遠慮がちに口を開いた。

「父は俺の選択に不満を持つでしょう。あの人は俺がポルピスタンの騎士になることを望んでいる。でも、俺はシンブレ子爵家の男子に生まれたにもかかわらず臆病で……戦いなんてまっぴらなんです。学校の訓練でさえ、本当は怖くてたまらない」

リュークは震える声で一生懸命訴えていた。

その様子を見ただけで彼の置かれた状況の深刻さがわかってしまう。

ナゼル様や私は、真剣に彼の声に耳を傾けた。

「お願いします、フロレスクルス辺境伯閣下」

「義兄上っ……！」

ポールたちの訴えに、難しい表情を浮かべたナゼル様は、やや間を置いて、首を縦に動かした。

「君たちの主張はわかった。リューク、君に国を出る覚悟があるのなら、俺はスートレナの職員として採用するつもりだよ」

「あ、ありがとうございます！」

リュークは勢いよく頭を下げたり上げたりしている。彼の目には先ほどまでとは違って明るい光が宿っていた。ポールとも嬉しそうに顔を見合わせている。

「よかった。でも、問題はシンブレ子爵の説得ね」

私が心配していると、ナゼル様は「問題ないよ」と言って微笑む。彼の発言はいつも心強い。

「卒業後はまず、見習い職員として働いてもらう。適正によってその後の配属先を決めよう」

「はい！　戦闘職でなければ、なんでもいいです！」

父親をナゼル様が説得してくれるとあって、リュークは元気を取り戻している。

「あ、そうだ。もうすぐ俺たちの卒業試験があるんですが、ナゼルバート様たちもよければ見にいらしてくださいね。父も来るんで憂鬱だったんですが、進路が決まったからなんとか乗り切れそうです！」

「ああ、見に行くよ」

「やった！」

ポールとリュークは喜びながら宿を出て、学校へ帰って行った。

微笑ましい光景を前にすると、自然と穏やかな気分になる。

家の方針に負けず、本当に自分が生きやすいように生きて欲しいと、私は心の中でリュークを応援した。

※

翌朝、私とナゼル様はお忍び服に着替え、朝から揃《そろ》って街へと繰り出した。

昨日見て回れなかった場所を観光するためだ。

「混雑する時間帯は昼から夕方にかけてらしいから、今ならきっと大丈夫」

「はい、ナゼル様の見たい場所はどこですか？」

「俺？　アニエスの行きたい場所に行くつもりだったんだけど」

ナゼル様はいついかなるときでも私を優先してくれる素晴らしい旦那様だ。

だから、たまには、彼の好きに行き先を選んで欲しい。

ずっと思っていたけれど、ナゼル様にだって気晴らしが必要だ。

「せっかくポルピスタンまで来たので、ナゼル様の見たいものを見に行きましょう！　何かないですか？」

「……なら、ポルピスタン産の植物が見たいかな。取り寄せているものもあるけど、他にいいものがないか見てみたい。他国の植物の持ち出しの許可は、念のため既に取ってあるんだ」

流石《さすが》ナゼル様、抜かりがない。

「行きましょう！　花屋に種屋に苗屋に植木屋、楽しみですね」

マスルーノ国立学校付近は大きな街なので、探せば植物関連の店がありそうだ。

まだ涼しく、人がまばらな大通りを、私はナゼル様と並んで歩く。

ちょうど道沿いの店がいっせいに開店したところみたいで、店員たちが入口で看板を出したり、人を呼び込んだりしている。

「アニエス、あっちの店に君に似合いそうな髪飾りがあるよ。向こうの店も品揃《しなぞろ》えがよさそう……」

「ナゼル様、今日は装飾品ではなく植物を見に行きましょう」

「植物も見たいけど、着飾ったアニエスはもっと見たい。悩ましい問題だね」

「ぜんぜん悩ましくないです。ナゼル様は私への贈り物に散在しすぎですから、自分のものを買ってください」

ナゼル様は納得していない表情だけれど、私は彼の手をぐいぐい引っ張って先へ進んだ。

街の人に花屋の場所を聞き、茶色の壁が並ぶ狭い通りを抜け、建物を囲むような、螺旋状《らせんじょう》の細い階段をぐるりと上っていく。

生活感の溢《あふ》れる路地を抜けると、高台の上に着いた。

「わあ、いい景色」

強い風が音を立てて吹き抜ける。

人通りの少ない広場の正面に、大きめの花屋があった。

店の前には色とりどりの花苗が置かれていて目を引かれる。

「無事に着けたみたいですね」

「うん、途中の道が複雑だったから、ひやひやしたね」

私は花屋に近づき、外からそっと店内を眺めた。

「あの店、花の他に苗や樹《き》も売っているみたい。ちょうどよかったですね」

そのほかにも植物に関する道具や肥料、土まで売っているみたいだ。

「種や球根もあるね」

ナゼル様も興味を引かれたようで、真剣な眼差《まなざ》しで店を観察し始める。

そうして、私たちは二人揃って建物の中へ足を踏み入れた。

緑に包まれた洞窟のような店内には至る所に花が飾られている。その光景は、まるで幻想的な森の奥へ迷い込んだみたいだ。

「素敵な場所ですね。わあ、天井にも花が咲いています」

私はうきうきしながら足を進める。すると、屋根がなくなり、私たちは中庭へ出た。

「次は果樹のコーナーですね。あ、ヴィオラベリーだ」

「ヤシの木もある。背が高いね……」

さらに奥は野菜苗のコーナーだ。店内の一角が菜園になっている。

そこには花と野菜が入り交じって植えられていた。なんだかお洒落《しゃれ》である。

「ふぅん、コンパニオンプランツだね」

「屋敷にあった図鑑で見ました。向こうの花は虫除《むしよ》け効果のあるハーブですね。こっちの花は土の中の病原菌を消してくれるものです。あっちの二つの野菜は一緒に植えると成長促進効果があるんですよね」

「アニエスは勉強家だね」

菜園横にある塀の上では、二匹の猫が眠っている。店で飼っているのだろう。

少し離れた場所には池もあり、水中で咲く花が育てられていた。本当に大規模な花屋だ。店と言うより小さな農園と言った方がいいかもしれない。

「アヒルもいる」

順番に水から上がってきたアヒルたちはぷるぷるとお尻を震わせ羽についた水滴を払っていた。

生き物が好きな私は、可愛《かわい》い姿を見てほんわかした気分になる。

「一番奥は切り花のコーナーみたいだね。アニエスに似合いそうな可憐《かれん》な花がある」

「ナゼル様、まずは研究用の植物を買いましょうね」

私はナゼル様に思い止《とど》まってもらうよう、横から口を挟んだ。

そうでないと、ナゼル様は片っ端から切り花を購入して私を飾りそうだったからだ。

自分のことを思ってくれるのは嬉しいけれど、今はナゼル様の目的のために動いて欲しい。

話しながらうろうろしていると、店の奥から綺麗な出《い》で立《た》ちの、母ほどの年齢の女性店員が出てきた。

「あら、いらっしゃいませ」

私やナゼル様はお忍び中のため、正体に気づかない店員は普通に接してくれている。

「こんにちは、素敵なお店ですね」

話しかけると彼女は落ち着いたそぶりで、嬉しそうに微笑みながら答えた。

「ありがとうございます。植物が好きで……趣味で始めた店なんです。今は両親と楽しく働いています。今日はどちらから？」

スートレナから来たことを告げると、女性は驚いた様子で瞬《まばた》きしている。

「あらまあ、外国のお客様でしたの。ようこそ、マーガレットの花屋へ。奥はカフェになっているんです。よかったら、お茶でもいかが？」

勧められるまま、私たちはお茶とケーキをいただくことにした。

切り花が並ぶ部屋を通り過ぎると細い通路があり、奥がテラス席になっている。

黄緑色の小さな果実が実った大きなパーゴラの下にティーテーブルが並んでいた。

出されたニンジンケーキとハーブティーは素朴な味わいで、店の雰囲気も相まってほっこりと心を和ませてくれる。

カラフルな小鳥が飛んできて、果実を自由についばんでいた。

「乾燥地帯が多いポルピスタンは植物に恵まれないと思いがちですが、国の北側ではデズニムに負けないくらいの緑がある場所も存在するんですよ」

ハーブティーのおかわりを持ってきてくれた女性がにこにこと微笑む。

「素敵ですね」

ここに集まっている植物たちは、そういった場所で育つ種類が多いらしい。

私はふんわりと柔らかなニンジンケーキを頬張る。

「んっ、美味《おい》しい……！」

「あらまあ、嬉しいわ。よければ試作品のゴボウケーキもいかが？」

「いいんですか!?」

「もちろんです。感想を聞かせてもらえます？」

「はい！」

ニンジンケーキに続いてゴボウケーキまでいただいてしまった。

どちらも野菜の風味は仄《ほの》かでケーキ感が強い。お菓子として食べやすいように工夫されているようだ。

ナゼル様もケーキを気に入ったようで、どちらも完食している。

久しぶりに夫婦二人でのんびり過ごせた午後だった。

ひととおり、お茶とお菓子を楽しんだ私たちは、種や苗を買い求めて店内を後にする。

「あら、奥の柵の中に鶏がいるわ」

「本当だ」

「鶏、いいですよねえ……産みたての卵なんて、芋料理のレパートリーが広がりそうだわ」

「帰ったら検討しよう。他にも気になる生き物がいたら教えてね」

「ありがとうございます、ナゼル様」

袋いっぱいの商品は、騎獣便でスートレナの国境まで届けてくれるそうだ。

「ヘンリーに手紙を出しておこう。届いた商品を回収するために人を寄越《よこ》してくれるだろう。今度はどんな風に苗を改良しようかな」

目的の植物を手に入れたナゼル様は少し嬉しそうだ。

（もしかして、ナゼル様って苗の改良が好きなのかしら）

よく研究室に籠もっているが、仕事として働いているのかと思っていた。自分の感情を表に出すことが多くなってきた彼だけれど、まだまだ自己主張が足りないように思う。

（もっと頼りがいのある妻にならなければね）

お土産にもらったゴボウケーキを片手に、私は新たな決意を胸に宿した。

店員さんは店の前まで私たちを見送ってくれた。ほんわかした気分のまま、店を後にしようとする。

しかし、坂の下から、見知った人物が颯爽《さっそう》と現れた。

「おや、ナゼルバート君とアニエス夫人ではないか。奇遇だねえ」

「マスルーノ公爵閣下!?」

「ふふっ、私もお忍びくらいするさ」

どういうわけか、マスルーノ公爵は勝手知ったる様子で花屋へ向かい、店員さんと親しげに話し始めている。

（もしや、常連……？）

二人は仲が良さそうである。

不思議そうな顔をする私たちを見て、公爵は口を開いた。

「ああ、彼女は私の愛人の一人なんだ」

「……!?」

私とナゼル様があからさまに驚いたのを見て、マスルーノ公爵は面白そうに目を細める。

ポルピスタンの貴族は男女問わず、既婚者でも愛人を持つ風習がある。強ければ愛人がたくさんいて当然というお国柄らしい。

（本に書いてあったことは本当だったのね）

夫婦であっても、夫も妻もそれぞれ愛人を持っているなんてことも珍しくはないそうだ。

公爵はなんてことのないように話しているけれど、やはり他国出身の私たちには抵抗がある。

「この店は彼女の趣味の産物だけれど、疲れた人々が安らげる空間でもあるんだよ。だから、私が支援しているのさ」

平民の独身女性がこの立地に大規模な花屋を開くのは難しい。さらに、いくら彼女が植物好きでも少人数であの規模の店を維持するのは大変そうだ。

「他の従業員は、私が園芸の専門家を雇っている。人手と技術は必要だからね」

公爵はどこか得意げだ。

「彼女は夢だったお店を、私は憩いの空間を手に入れた。ウィンウィンな関係だよ」

「そういうお考えもあるのですね」

本人たちがいいのなら、他国に来て、その国の文化に文句を言う気はない。

私は不思議な気持ちで二人の様子を眺めていた。

「ナゼルバート君やアニエス夫人は、授業見学のあとでバレンに会ったみたいだね。二人に会えたことが嬉しかったのか、甥《おい》はさっそく私に報告してくれたよ。それに、彼の相談に乗ってくれて感謝する。私は専門外だから、あまり調査で力になれなくてね。人手がいるときは貸し出すから遠慮なく言って欲しい」

マスルーノ公爵は機嫌がよさそうで、「ハーブティーが飲みたい」などと店員さんに頼んでいる。

「そうそう。生徒たちの卒業試験も執り行われることだし、予定が合うなら無理をしない範囲でバレンのところへ顔を出してあげてくれ。あれもなかなか忙しい甥でな。兄弟の中で一番器用なせいで、あちこちから仕事を押しつけられているんだよ」

私はマスルーノ公爵の言葉に頷き、ナゼル様と改めて顔を見合わせた。

※

数日後、私とナゼル様はマスルーノ国立学校にいるバレン様のもとを訪れた。

彼に渡した菊芋の育ち具合を調べに、近くの畑を見て回るためだ。

ナゼル様は私の体を心配していたが、宿でじっとしているのも退屈なので連れてきてもらった。

最近は不作に悩まされ、調査や対策のためにあちこち飛び回ってはいるが、バレン様はもともと、学校にいることが多いという。

彼自身、理事長という立場が気に入っているようだ。

いつもは最上階にある理事長室でバレン様は過ごしているのだそう。

だが、今日は私の体に配慮してくれたようで、一階へ下りてきてくれていた。

これから外出することもあり、動きやすい軽装姿だ。

「やあ、二人とも。来てくれてありがとう！　もらった菊芋を荒れた畑に植えてみたところ、先日見事に収穫できたよ。二人にはなんてお礼を言ったらいいいか」

バレン様は嬉しそうに早口でまくし立てる。

菊芋栽培は順調そうだ。やや安堵《あんど》した様子のナゼル様は、落ち着いた声音で彼に応えた。

「お役に立てたならよかったです」

芋ばかりだけれど、とりあえずの食料は確保できた。

「アニエス夫人、これからその畑を観察しに行くけど、体調は大丈夫かい？　なんなら、僕の部屋で……」

今日もバレン様は私との距離が近い。ぐいぐい来る彼を前にし、私は少し体をのけぞらせた。

「バレン殿下、妻は私が見ているので大丈夫です。今日は遠出をするわけではないし、本人が行たがっているので」

ナゼル様が私の腕を引き、守るように私を自分の後ろへ隠す。

「なら、そろそろ出発しようか」

その過保護な反応に目を瞬《また》かせつつも、バレン様はさほど気にすることもなく天馬に跨《また》がった。

私とナゼル様もジェニに乗って、不作の被害に遭った一番近くの畑を目指す。

やや日差しが強いが、ぽかぽかと暖かないい天気だ。

「アニエス、体調が悪くなったら、すぐ俺に言って」

「はい」

被害に遭った畑は学校に近い村にあり、あっという間に私たちは現地へ到着する。

学校付近の街と同じカラフルな壁の建物が並ぶ素朴な村の外に、何もない裸の畑が並んでいる。

ナゼル様の出した植物を伝い、安全に地面に降り立った私は、あたりを観察した。

「作物はもちろん、草の一本さえ生えていないわ」

「本当だね。これは、スートレナの光景とも異なるな。スートレナの場合、食べられない植物はわりと生えているから……」

前方に着地したバレン様は、痛ましげな表情で畑を眺めている。自ら食料問題の解決に動こうと現場に足を運んでいるし、国民思いの王子様みたいだ。

彼は私たちに現地の状況を説明し始める。

「ここはもともとにんじん畑だったけど、今やこの有様さ。向こうにナゼルバートにもらった菊芋を植えた畑がある」

私たちは黙ってバレン様の後へ続いた。少しすると、植物の生えた畑が一つ現れる。

「菊芋の実験に協力してくれた一家の畑だよ」

周りがむき出しの土だらけの中、その畑はぽつんと目立っていた。

「あら、茎の枯れた菊芋がたくさん。もう収穫できるわね」

よく見ると、畑の持ち主らしき一家が、せっせと芋掘りをしている。無造作に置かれた籠には、掘りたての菊芋がたくさん詰まっていた。

(本当に、ポルピスタンの畑でも収穫できているわ。よかった)

笑みを浮かべた私は、そのままナゼル様を見上げる。

「……っ！　アニエス、今の顔はバレン殿下に見せてはいけないよ。可愛すぎて連れ帰りたくなるから」

ナゼル様が私の顔を隠すように、背中に手を回して言った。

「もうっ、そんな事態にはなりません。芋を見に行きましょう」

私はナゼル様の腕を引っ張り、菊芋畑へ向かう。

収穫できた菊芋は希望する村人へ配り、各畑で栽培することに決まったらしい。バレン様は他の村にも菊芋を広める予定でいるそうだ。

一通り畑を見学した私たちは、充実した気持ちで帰路についた。

「畑で作物が育たなくなった原因も、早くわかるといいですね」

再びジェニで移動する中、私は後ろに座るナゼル様に話しかける。

「そうだね。スートレナの状況とはやや違う光景だったけど、問題解決の糸口が見つかって欲しいと思うよ。帰ったら菊芋以外の作物の改良に、今以上に力を入れないとね」

「毎日菊芋だと栄養が偏ってしまいますものね。でもナゼル様、あまり根を詰めすぎないようにしてください。無理をして、あなたが体調を崩すことになったら、私は悲しいです」

「ああっ、アニエス。可愛い、愛してる、今すぐ愛《め》でたい、攫《さら》いたい、閉じ込めたい」

「ナゼル様、発言がどんどん不穏に……」

ハッと我に返ったナゼル様は、きゅっと私を抱きしめながら空を移動する。

妊娠してからはあまり領内の畑巡りができなかったので、今日は他国の芋畑を見られた新鮮な一日になった。

※

そうしているうちにあっという間に時間が過ぎ、いよいよポールの卒業試験の日がやってきた。

私は朝からそわそわと落ち着かない。

「アニエス、ポールなら大丈夫。リュークもね」

「そうよね。ポールは昔から何事にも真面目に取り組める子だもの」

ナゼル様の手を取り、私はポールたちの学校に向かった。

卒業試験の場所はマスルーノ国立学校の裏山だそうだ。学校の後ろは小高い岩山になっており、魔法を使った訓練によく使われるらしい。

試験が開始される場所までは生徒たちは徒歩で、保護者は学校で飼育されている騎獣で移動する。

岩山の上では風が強く吹いていた。

尖《とが》った山と山の間にある狭めの平地に集まった生徒たちは、緊張しながらお喋《しゃべ》りをしている。

保護者たちの待機場所も平地の一角に用意されており、ご丁寧に椅子も置かれていた。

（あら、あっちの広めの席に『優先席』と書かれてあるわ）

妊婦ということもあり、私はナゼル様に促され優先席に座らせてもらう。

私が妊婦と知っているバレン様が、座席に気を遣ってくれたのだろう。

保護者への至れり尽くせりぶりがすごい。

一般の保護者席にはリュークの父親も座っていた。彼もあれからマスルーノ公爵領に滞在していたようだ。

「うぉぉぉっ！　リューク！　情けない戦いをするんじゃないぞぉっ！」

厳《いか》つい男性が両手を上げて大声で叫び続ける姿はとても目立っていて、他の保護者からも注目を浴びている。

（今日も気合いが入っているわね。声の大きさもトッレといい勝負だわ）

恥ずかしそうなリュークは、友人たちの陰に隠れ小さくなってしまっている。可哀想《かわいそう》に。

リュークを気にしていると、後ろに人が立った気配がした。

「アニエス夫人、こんにちは」

ゆっくり振り返ると、バレン様がすぐ傍《そば》の岩壁にもたれて私を見下ろしている。

「あ、こんにちはバレン様、畑見学の日以来ですね」

にこにこ微笑むバレン様だが、気のせいかまた少し距離が近いと思う。少し動けば触れてしまいそうな距離だ。

こちらの人々はおおらかからしいので、単にデズニムとの文化の違いなのかもしれないけれど。

「失礼、そろそろ試験が始まるのでは？」

私の戸惑いを察してくれたのか、ナゼル様がバレン様の気を逸《そ》らしてくれた。

「本当だ。まあ、大きなトラブルがなければ、普段から真面目なポールは合格するだろう。優秀な生徒が来てくれて、理事長としては嬉しいよ。さて、僕も生徒たちのところへ行かなければ」

言い終えると、バレン様は試験会場の中心へと移動していく。

「……」

ナゼル様の方へ目を向けると、彼は難しい表情になっていた。

「やっぱり、バレン殿下には警戒が必要だね。アニエスとの距離が近すぎる」

私と同じことをナゼル様もまた考えていたようだ。

「人との距離感については、ポルピスタンならではの文化かもしれません」

「同じポルピスタン人でも、他の人たちはあそこまで近づいては来なかったよ。俺にもバレン殿下はあれほど近づいてこないし……同じ状況が続くようなら、他国の王子であろうと抗議させてもらわないといけないね」

不穏な雰囲気のナゼル様は私のすぐ傍に立ち、バレン様へ鋭い目を向けた。

向こうではバレン様の指示で教師の号令がかかり、卒業試験を受けるポールたちが動き出している。こちらにも、状況を告げる教師の声が聞こえてきた。

「それでは、今からマスルーノ国立学校における卒業試験を始める！　試験では二人でペアになり、制限時間内に、この山に隠された掌《てのひら》サイズのコインをより多く手に入れた組から高得点をつけていく。ただし、コインの数は今ここにいる受験生の数より少ない。取り合いになったら力で解決だ！強者だけが生き残れる！」

なんともポルピスタンらしい大胆な試験内容だ。

ポールはまたリュークと一緒に行動している。普段から仲良しらしい。

教師はさらに説明を続けた。

「お集まりいただいた保護者の皆様には、私が『投影』の魔法で岩に映し出した映像を見ていただきます。『投影』の魔法は予《あらかじ》め指定した地点の景色を別の場所に映し出すというものです。指定できる箇所は二カ所だけですので、そこを通った生徒しか映りませんが、その付近にコインを多く隠しておりますので見られる生徒は多いでしょう」

初めて聞く珍しい魔法だが、とても便利そうな力だ。魔法鑑定オタクの神官エミリオが聞いたら喜びそうである。

私は教師が巨大な岩に映し出した風景をじっと眺めた。

試験開始からしばらくすると、その映像に生徒たちの姿がちらほらと映り始める。

「あっ、ポールだわ」

独特な飛び方の弟は、しっかりばっちり岩壁に映り込んでいた。

(ポール、頑張って)

私は心の中で彼を応援する。

ポールとリュークの魔法は「空中浮遊」と「大盾」だ。コイン探しにはポールの魔法が、奪い合いにはリュークの魔法が役立つだろう。

「アニエス、ポールならきっと大丈夫。彼は着実に成長しているよ」

ナゼル様の優しい言葉に、私も素直に頷いた。

「はい、弟を信じようと思います」

投影された風景の中で、壮絶なコインの奪い合いが起こっている。

「いけぇぇっ、リューク！　このっ、何を弱腰になっているんだっ！」

相変わらずというか、リュークの父であるシンブレ子爵は一人賑やかだ。

ポールは着実に腕力で他のペアを吹っ飛ばし、コインを集め続けている。

そのとき、映像の一部に変なものが映り込んだ。

「ん、あれは何……？」

それは、中型の虫の魔獣だった。保護者の間にざわめきが走る。

「何、あの魔獣。急に出てきたわ」

「子供たちは大丈夫なのか!?」

親の動揺に伴い、教師たちも魔獣の乱入に慌てふためく。

「この岩山には小型のおとなしい魔獣しか生息していないはず……あのような魔獣の発生は想定外だ。直ちに生徒に試験中止を通達し、救助に向かわないと！」

とってもまずそうな会話が聞こえてくる。

（これ、危ないやつなのかしら？）

素早く指示を出す理事長に従い、他の教師たちがそそくさと動き始めた。

「協力いただける保護者の方は、教師と共に生徒の救助をお願いします。ある程度は生徒たちでもなんとかなるとは思いますが……」

ナゼル様やリュークの父親、武勇自慢の他数名が名乗り出て、生徒たちを助けに向かう。

大変なことになってしまったと、私は席から立ち上がってオロオロした。

（山芋を持って虫を叩きに行きたいけど、妊娠中の私は一人の体じゃない。それにこの状態で岩山を移動するのは一苦労だわ）

無理に動いても、却《かえ》って皆の足を引っ張ってしまうだろう。

ナゼル様も同じ考えのようだった。

ポールたちのもとへ向かう前に、彼には「ここにいて自分の身の安全を守るように」と念入りに訴えられた。

そこまでされてはなおさら動けない。

（こんなに心配なのに、何もできないなんて）

せめてもの力添えにと、自分の周りの保護者たちに、こっそりと強化魔法をかけておいた。ばれないように、事態が収拾すれば解く予定だ。

（強いナゼル様がいるから、生徒の皆はきっと大丈夫……よね？）

なんと言っても彼は桁違いの実力の持ち主だ。

それに現職の騎士だというシンプレ子爵や、日頃から訓練している生徒たちもいる。

(信じて待ちましょう)

悶々《もんもん》としながら、私は席に座り、岩に映し出された景色をじっと見つめた。

※

ポールはたくさんのコインを自分の鞄《かばん》に詰め込み、試験終了の合図を今か今かと待っていた。

もう既に目標は達成できている。あとはこのまま、他の生徒からコインを守るだけだ。

(今日はケリーさんも来ているはず。いいところを見せなければ)

岩山の切り立った崖の上で、相棒のリュークは「大盾」の魔法を使いながら、コインを狙ってきた他の生徒の攻撃を防いでいる。

攻撃してきた生徒はリュークの魔法をその身に受け、岩山の向こうへ吹っ飛んでいった。

「嫌だなあ。試験の光景は保護者に見られているんでしょう? 俺、あとで絶対親に『役立たず』って説教される……」

「リュークは役立たずなんかじゃない。シンプレ子爵はリュークの強みをわかっておられないだけです」

襲ってくる生徒がいなくなったので、ふよふよと飛びながら、ポールは他のコインを探す。

もうすでにコインは集まっているが、どうせなら所持するコインを守るだけではなく、一番多く枚数を集めて優秀な成績を残したい。

この魔法は崖などの足場の悪い場所では使い勝手がいい。おかげでポールたちは他の生徒に先んじてたくさんのコインを集めることができた。

(悪い成績を取ったら、卒業後、ラトリーチェ様に合わせる顔がない。僕は首席で卒業するんだ！)

行き場のなかった自分に新たな道を示してくれた祖国の王妃。

(昔は姉への気持ちや、自分の立場の変化に心がついて行けなかったけど。外国で一人になる時間をもらえたからこそ、今の僕がいる)

エバンテール家以外の世界を知り、心身ともに強くなったポールはもう、あの頃と同じではない。

彼女の恩に少しでも報いることができればと、ポールは張り切っていた。

しかし、試験時間が半分を過ぎた頃、岩山全体に異変が起こる。

下の方でコインを探していた生徒が悲鳴を上げたのだ。引きつったかのような余裕のない声は、事態の深刻さを訴えているようだった。

「どうしたんでしょう？」

ポールは声の聞こえた方向に顔を向ける。

「わからない。でも、なんだか恐ろしいことが起こりそうな予感がする」

よからぬ気配を感じ取ったリュークは「大盾」の魔法を出しながら、ガタガタと震え始めた。

「魔獣だ！」

「虫形で子供くらいの大きさ！　攻撃的で俺らを襲ってくる！」

先に様子を見に行った別の生徒たちの大声を聞いて、ポールたち全員に緊張が走る。

「試験はいったん中止！　皆で魔獣を対処しましょう！」

ポールのかけ声に、他の生徒たちも呼応した。

「全員で魔獣の発生場所へ！　伝達系の魔法の使い手は、一応教師に知らせてください！」

映像に魔獣が映っていればいいが、見逃される恐れもある。念には念を入れた方がいい。

「リューク、行きましょう！」

「う、うん」

乗り気でないリュークを、たくましい腕に抱えたポールは、その状態でふよふよと崖を下降し始めた。

「大丈夫、僕らの実力なら、きっと皆を守れます！」

運がよければ、保護者席にいる義兄やリュークの父が力を貸してくれるだろう。

最悪、それまで時間を稼げばいい。

ポールはふよふよと飛び続け、やがて魔獣が現れた現場の上空に到着した。

「いた、あそこだ！」

そこでは既に、先に着いた生徒たちが魔獣の駆除に当たっていた。

虫形の魔獣は報告通り、十歳程度の子供ほどの大きさで、近くにいる生徒を攻撃している。見た目は黒いバッタに似ていた。だが大きい。

「リューク、あの魔獣を知っていますか？　僕は見たことないです」

ポルピスタンの魔獣事情は授業で教わったが、マイナーな魔獣までは習っていない。

今目の前にいる魔獣は、デズニム国でも見たことのない種類だ。

「うーん、俺も知らないなあ。ビッグホッパーっていう魔獣と似ているかも。ポルピスタンの中央部に出る、野菜を食害する農家の大敵だよ。でも……ここは北の地だし、色も微妙に違うような？

それにしても数が多いね」

「いったい、どこから岩山にやってきたのでしょう。この場所は度々授業の訓練で訪れていますが、いつもは小型の無害な魔獣しかいなかったはず」

ビッグホッパーらしき魔獣は、そこら中で群れをなしている。

「黒くて、所々に蛍光オレンジの筋模様が入っている姿は、よく見るビッグホッパーよりもグロテスクだな。普通は緑色なんだけど」

リュークが呟《つぶや》く。

しかもこの魔獣は攻撃性も高いようで、生徒たちに襲いかかっている個体も多い。

「僕は虫が好きではありませんが、そうも言っていられないですね。リューク、倒しに行きますよ！」

ポールはリュークを抱え上げたまま、ビックホッパーらしき魔獣の群れに突っ込んでいく。

リュークは悲鳴を上げた。

「ひゃぁぁっ！　無理、無理ぃ！　でかい、怖い！」

「僕が運びますから、リュークは『大盾』出しといてください！」

「わ、わかった……！」

リュークを抱き上げて移動するポールは、そのままビッグホッパーの群れに突っ込んでいく。

何もしなくても、リュークが出している「大盾」がぶつかるだけで勝手に魔獣たちを吹っ飛ばしていった。便利な魔法だ。

「うわぁぁぁぁっ！」

当のリュークは目をつむって悲鳴を上げているが。

「虫きもい、魔獣怖い！　嫌だぁぁぁっ！　あああああっ！」

「リューク、気をしっかり持って！　君だけが頼みです！」

「ポールぅぅぅ……無理ぃぃぃ……」

泣き言を言いながらも、リュークの「大盾」攻撃はどんどん魔獣の数を減らしていく。

次第に他の生徒も集まってきて、協力しながらなんとか態勢を立て直せてきた。

「よし、あと少し粘りましょう。もうすぐきっと救援が来ます！」

ポールは同じ試験を受ける生徒たちを激励した。

すると、話していたとおり、崖の上から教師たちが全力で走ってくる。

この学校では、教師だって体力自慢ばかりなのだ。そして、彼らのすぐ後ろには……。

「義兄上……！」

一番頼りになりそうな、ナゼルバートもいる。

その瞬間、ポールは無事に魔獣退治ができることを確信した。

「あと少しです、リューク。頼もしい助けが来ましたよ」

「ううう、親父《おやじ》までいる……帰りたい……」

ナゼルバートと共に、シンブレ子爵も張り切りながら駆けてきたみたいだ。雄叫《おたけ》びが聞こえる。

気を取られていると、すぐ近くで生徒にビッグホッパーが飛びかかった。

「ああっ、危ない！」

ポールは飛び出すが、救出が間に合わない。

しかし、あわやというところで、襲われた生徒の真下から植物が伸び、ビッグホッパーを撃退する。ナゼルバートの魔法だ。

「さすがです、義兄上！」

ポールは興奮しながら、義兄を応援する。

ビッグホッパーは植物に弾《はじ》かれて岩山に激突し、さらに数を減らしていく。

だが、ここで一つの個体が驚くべき行動を取り始めた。なんと、ナゼルバートの生やした植物に噛《か》みついたのだ。

抵抗かと思いきや、魔獣はむしゃむしゃと植物を食べている。変な光景に、生徒たちもどよめいた。

「なんだ、魔法を食べてる!? なんなんだ、こいつらは……」

リュークが不気味そうにビッグホッパーを見る。ポールは冷静に状況を観察した。

「魔法と言うよりは、単に植物を食べているという感じじゃないですか」

一匹の行動につられたのか、他のビッグホッパーも義兄が魔法で出した植物を食べ始める。

「あっ……！ 見てください！」

植物を食べたビッグホッパーから紫色の魔力の光が放たれている。

魔獣というものは魔力を持っていても、ほとんど使いこなせない種類が多い。

だが、余剰の魔力がこうして光ったり、別の作用を起こしたりすることは珍しくなかった。このビッグホッパーもそうだろう。

魔力による魔獣の変化は大概が発光するだけだったり、周囲の環境を微弱に変化させたりと、特に大きな影響の出ないものだ。

（しかし、このビッグホッパーの場合は数が多いし、他の魔獣のときと様子が違いますね）

魔獣が紫色の魔力を放出するのと同時に、周りの大地が、その魔力と同じ色に染まり始めた。

そして紫色の部分は、どんどん外側へと広がっていく。

「ポール、気味が悪いよ。初めて見る現象だ……」

ビッグホッパーの発光現象を前に、ポールはどうすべきか逡巡《しゅんじゅん》した。

（あの紫色は悪いものでしょうか。このままリュークを体当たりさせていいものか……）

すると、後方にいた義兄がふわりとポールの傍に下り立った。

彼はいつ何をしても様になる。そして、義兄を前にするだけで安心感が半端ない。

「二人とも、無事でよかった。それにしても、この魔法が食べられるなんて初めての事態だな……俺とこの魔獣は相性が悪そうだ」

「義兄上、どうなっているのでしょう。地面の紫色が広がっています」

ビッグホッパーから流れ出す魔力は、益々《ますます》地面を侵蝕《しんしょく》し、崖に咲いていた花を枯らしていく。まるで毒でも流しているみたいに。

その様子を見て、義兄は何かに気がついたように目を開く。

「うん、土に魔力の影響が広がっているね。この現象はもしかして……」

「何かわかったのです？」

「まだ確証はないけどね。ポール、このまま魔獣たちを倒すよ。この群れが街へ下りたら、人々が大変なことになる」

「はい、義兄上！　リューク、行きましょう！」

「嫌だぁぁぁぁぁ……！」

ポールに抱えられたリュークはまた、喚《わめ》きながら再び「大盾」の魔法を出し、魔獣の群れへ突っ込んでいった。

ナゼルバートも出す植物を食虫植物に変更し、ビッグホッパーを撃退した。

そして……。

しばらくして、ようやく魔獣がいなくなり、くたびれた生徒たちは岩山の上でへばっていた。

すると、駆けつけた教師たちが怪我人《けがにん》の確認を始める。

かすり傷の生徒はいたが、重傷者が一人も出ていない。ポールはほっとした。

（ともかく、大惨事にならずに済んでよかったです）

しかし、試験はやり直しになりそうだ。残念だが仕方がない。

そして、魔獣を見て何かに気づいた義兄が、難しい顔をし続けていることも気になるポールだった。

※

教師たちやナゼル様が試験中の生徒のもとへ向かっている間、私は不安な気持ちを抱えながら優先席で彼らの帰りを待っていた。幸い、ここに魔獣はいない。

「投影」の魔法は出されたままなので、私は優先席にいながら現場の様子を確認することができた。

保護者たちは皆、心配そうに映し出された景色を眺めている。誰もが同じ気持ちなのだ。

現場に行けず残された人たちは、ここで皆の無事を祈ることしかできない。

（あ、今、ナゼル様や先生たちがチラッと映ったわ）

しかし、「投影」魔法の位置が少しずれていて、彼らはすぐ見えなくなってしまった。でも、声は聞こえてくる。

（今聞こえてきた声、リュークの叫びでは……？）

音だけで判断するしかないが、魔獣たちは皆の魔法で撃退されているみたいだ。魔獣とリューク以外の悲鳴は聞こえてこない。

（よかった、皆は大丈夫そうね）

ナゼル様の強さは信頼しているけれど、万が一ということもある。

デービア様の事件でナゼル様が刺されたことがあってから、私は彼の安否を、よりいっそう心配するようになってしまった。

食い入るように投影された光景を見ていると、近くの席に座っていた女性が甲高い悲鳴を上げて椅子から転がり落ちた。

「キャァァァァ――――ッ！　ま、ま……」

「えっ……？」

「魔獣よ――――っ！」

驚いてそちらを見ると、彼女から少し離れたところに一匹、緑色の虫のような魔獣がいる。

そこそこ成長した子供ほどの大きさがあり、畑の害虫よりだいぶ大きな姿だ。

（何、あの魔獣……巨大化したバッタみたいだわ。あ、もう一匹発見！　他にもいるわ）

見ると魔獣たちはぞろぞろと平地に集まってきていて、その辺に生えている草花をもりもり食べ始めた。岩山には所々、植物が生えているのだ。

親切にも、近くの保護者が叫びながら魔獣の説明してくれる。

「ビッグホッパーだ！　大丈夫、あの魔獣は草食だしおとなしい。臆病だからすぐどこかへ消えるさ」

話を聞いた女性が安堵の声を漏らした。

「まあ、安心しましたわ」

「いやいや、うちの領地にも出るんですよ。ポルピスタンの中でも自然が多い田舎の土地でして」

彼らの話を聞きながら魔獣を観察していた私はふと、目の前の光景に違和感を覚えた。

「あら？　魔獣の色が変化しているような」

最初緑色だった魔獣の体が徐々に黒ずんでいっているのだ。

（そういう種類なのかしら。でも、何か変な気がするわ。嫌な予感とでもいうのかしら）

同じく異変を感じ取ったのか、離れた待機場所にいたはずのトッレとケリーが、焦った表情で優先席までやってきた。二人は騎獣まで用意している。

「二人とも、どうしたの」

「アニエス様、一度校舎に戻りましょう」

ケリーが緊迫した声を出す。

虫形の魔獣を横目で見つつ、トッレもケリーの意見に賛同した。

「アニエス様、試験会場のことが心配でしょうが、お強いナゼルバート様ならきっと大丈夫。しかしあなたは別です。おそらく、あの魔獣はポール殿たちのところにいるのと同じ種類。早めに避難しましょう」

ケリーもトッレの言葉に頷く。

「わ、わかったわ」

「周囲の保護者は警戒していないみたいですが、警戒するに越したことはありませんからね」

「一応、皆にも危険性を伝えておくわ。皆さん！　この魔獣は危険です、避難を……っ!?」

保護者たちに避難を勧めようと振り返った瞬間、また他の保護者から悲鳴が上がる。

「キャァァァ――――ッ！」

「ウワァァァ――――ッ！」

慌ててそちらに目をやると、真っ黒に体を変化させた虫形の魔獣が、一人の男性の上に乗りかかり襲っていた。人を食べようとしているわけではなく、単に目についた者を攻撃している雰囲気だ。

「……っ！　ト、トッレ！　助けてあげて……！」

「了解であります、アニエス様！」

ひとまず、強いトッレに男性の救助をお願いする。その間に、ケリーが私に離れた場所へ移動するよう促した。

「さあ、アニエス様はこちらへ……」

ケリーに促された私は、騎獣に乗って空中に飛び上がり、魔獣の群れから距離を取る。

「皆さん、ここは危険です！　騎獣に乗ってひとまず校舎へ戻りましょう！　急いで！」

保護者たちはいそいそと動き始め、全員が騎獣の方へ向かっている。

「うおおおおおっ！」

剣を抜いたトッレは、そのまま男性を襲っていた虫形の魔獣を切りつける。

虫形の魔獣は倒され、襲われた男性は魔獣の下から這々《ほうほう》の体《てい》で這《は》い出した。

私は全員に声を掛け続け、トッレにも退却指示を出す。

「うおおっ！　退却、退却――――っ！」

保護者たちも全員騎獣の屋外停留所にたどり着いた。

しかし、誰もが我先にと平地に停《と》めていた騎獣に乗ろうとするので、停留所は大変混雑している。

飛び立つのも大変そうだ。

そんなパニック状態の保護者の中で、先ほどとは別の女性が停留所の外へ弾き飛ばされ転んでしまった。

そこに、保護者たちを追ってきた魔獣が襲いかかる。

「あ、危ない！」

騎獣に乗った私は、咄嗟《とっさ》にポケットに入れていた護身用のピンク里芋を投げた。

「これでもくらいなさい！」

空中をビュンと飛ぶ毛むくじゃらでピンク色の芋は、魔獣に直撃して地面に落下する。

叫び声を上げた魔獣はドンとその場に倒れた。

魔獣に襲いかかられたご婦人は無事だ。よろよろとよろけながらも無事に自分の騎獣までたどり着いた。

「や、やったわ」

しかし、投げた芋がポトリと地面に落ちた瞬間、魔獣たちが目の色を変え、競い合うようにそれを食べ始めようと集まりだした。魔獣同士で取り合いの喧嘩《けんか》が始まる。

強化した芋が固すぎたのか、魔獣たちはかじることができずに苦戦しているみたいだ。

終《しま》いには噛めないと判断した一頭が、無理矢理芋を呑《の》み込んでしまった。

「……あら、食べちゃった」

あんなに固い里芋を夢中になって食べるなんて、奇妙な魔獣だ。

しかも、食事をしたあとの体が、紫色に光り始めている。

「なんなの、あの魔獣。初めて見るわ」

「アニエス様、早く行きましょう。あの魔獣についてはよくわかりませんが、羽があるので空を飛ばれたら厄介です」

「え、ええ、そうね」

ケリーと天馬に同乗している私は、そのまままっすぐマスルーノ国立学校の校舎まで撤退した。

飛べないのか、人にさほど興味がないのか。魔獣は校舎までは追いかけてこない。

(行動原理が不明ねえ)

しかしこのまま放置すれば、いずれここまで到達することは容易に想像できた。そうなると生徒たちが危険だ。

(なんとかしないと)

私は部外者だが、ポールの保護者でもある。何かできることはないだろうか。

はらはらしながらナゼル様の帰りを待つこと数刻……ようやく彼が帰ってきた。

「アニエス、話は聞いたよ！　魔獣に襲われたって？」

「トッレとケリーが助けに来てくれましたので大丈夫ですよ。他の保護者も全員無事です」

「そう……」

ナゼル様は念入りに私の無事を確認し、生徒の安否確認を終えたバレン様と話し始める。

バレン様も生徒の誘導など、現場に出て動いていたので疲れている様子だ。彼自身にとっても魔獣の登場は想定外の事件だったのだろう。

バレン様は険しい顔をしながら私の方へ歩いてきた。

「まさか卒業試験がこんなことになるとは……アニエス夫人、危険に巻き込んでしまって申し訳なかったね」

彼は私に近づきながら謝った。今回も距離が近い。

ナゼル様の目が光ったのを見た私は、さりげなく一歩後退し、バレン様から距離をとった。

「いいえ、今回のことは予測がつかない事件です。それで、先ほどの魔獣を見ていて気がついたのですが、あの魔獣の魔力が植物を枯らしていたように思えました。それに私が魔法で出した植物を食べるなんて、あんな魔獣は初めてです。たしか、ビッグホッパーと言いましたね。しかし、あれは草食性のおとなしい魔獣だと……」

「うん、君の言うとおりだよ、ナゼルバート。通常のビッグホッパーは緑色でおとなしい魔獣なんだ。僕もあんな黒い個体は初めて目にした。色も性質も違うなんて、あれは普通のビッグホッパーではないかもしれない」

二人の会話を聞いて、私は「あっ」と声を上げる。

「あの！　その魔獣、途中で変色しました！　緑色から、黒色になったんです！」

優先席で見た変化を彼らに伝えると、二人は揃って私を振り返った。

「変色したと……？」

「あ、はい。前に図鑑で見たんですけど、もしかしたら、スートレナにいるバッタと同じようなことになっているんじゃないでしょうか。見た目も似ていますし……」

ナゼル様は仮説を立てた私を見つめながら問いかける。

「相変異ってこと？」

「そうです。個体数の密度によって色が変わっているんだと思います。最初に一匹だったときは緑色でしたが、次第に数が増えるにつれて黒くなりましたから」

通常、バッタは緑色で臆病な性格だ。

しかし、個体数が増えると褐色に変化し、仲間が増えたことで性格も攻撃的になる。

体色に関しては、バッタと同じようなことが魔獣でも起こっているのではないだろうか。

「なるほど、魔獣も相変異するんだね。バレン殿下、もともとポルピスタンに生息している緑色の個体は、植物を枯らしたりするのですか？」

「いいや、そんな話は聞いたことがない。ビッグホッパー自体はポルピスタンに生息する魔獣だが、たまに畑を荒らすくらいで、至っておとなしい魔獣だ。人を見ると逃げていくしな。魔獣だから魔力はあるものの、体内に宿しているだけで特に周囲に影響を及ぼすものじゃない」

「だとすると、相変異によって魔獣の性質が変わったのか。それとも、私の魔法で出した植物を食べたせいなのか」

「ナゼルバートの魔法を食べていない個体も紫色に光っていたから、可能性があるとすれば前者だろうね。すぐに魔獣の専門家を招集して協議にかけるよ。フロレスクルス辺境伯、悪いが力を貸してもらえるだろうか？」

「もちろんです。もともと作物の件で協力する約束でしたし。今回のこと、もしかすると不作の問題と関連があるかもしれません。地面が紫色になった場所では植物が枯れていましたから」

すぐに専門家たちが集められ、ビッグホッパーについての協議が始まる。

幸いマスルーノ国立学校の研究室に魔獣に詳しい専門家が集まっており、私とナゼル様も参加させてもらった。とはいえ、ビッグホッパーの相変異は初めてのようで、これから急遽《きゆうきよ》調査に入るらしい。

協議が終わり、私とナゼル様は学校を出て大きめの馬車で宿へ向かう。

隣に座るケリーや御者台にいるトッレも一緒だ。

ナゼル様たちが岩山でビッグホッパーを防いでくれたおかげで、街で魔獣の被害は出ていない。

皆、卒業試験の事件も知らないのだろう。平和な光景が広がっている。

皆が普通に日々を送れているのを見て、他国のことながらほっとした。

「さすがに今日は疲れましたねえ。でも、皆が無事でよかった。ナゼル様、お疲れ様でした」

「アニエスもお疲れ様。保護者席に魔獣が現れたと聞いたときは、かなりヒヤヒヤした。トッレたちがいてくれて本当によかったよ」

「はい、トッレとケリーに感謝です。それにしても、ポールの試験を見に行くだけのはずが、大変なことになってしまいましたね。ですが、ポルピスタンの魔獣被害を放っておくことはできません」

ビッグホッパー自体は現在、ポルピスタンの中部に生息しているらしい。

ということは、他で同様の現象が発生している可能性も考えられる。

（ナゼル様やバレン様の話だと、黒いビッグホッパーから漏れ出る魔力が、植物を枯らしているのよね？　心配だわ）

今回起こった被害はもちろん、この先同様の事件が起こらないか目を配らなければならない。

中部にいたビッグホッパーが、餌を求めて北部に移動してきたのではないかとナゼル様は予想を立てている。事実あの魔獣は食欲旺盛で、固いピンク里芋まで食べようとしていた。

（不作の被害は中部から北へ北へと進んでいる。このままポルピスタン内を北上し続けたら、その先にはデズニム国の南端、スートレナがあるわ）

スートレナは長年の食料不足の問題からようやく立ち直ったところだ。

そんなところにビッグホッパーの被害が出たら目も当てられない状況になる。

さらにスートレナの北側は普通に作物が植えられる土地だ。

そこまで不作地帯になってしまったら、「ポルピスタンへ食料援助を」なんて言っていられない。

ナゼル様は私の考えがわかったようで、真摯な態度で頷いてくれた。

「うん、地理的にポルピスタンとデズニムは近いからね。こちらに被害が来ないとも限らない」

やはりそうなのかと私は唇に力を入れる。

「それともう一つ気になった点がある。作物が生えなくなるこの現象、スートレナと似ていない？」

彼の言葉を聞いて私はハッとした。

「それって、過去にスートレナで同じ事件が起きたのでは……ということですか？」

「あくまで予想だけどね」

予想だと告げるわりに、ナゼル様の麗しいお顔は曇っている。

「手を打たないと、ポルピスタンがスートレナみたいになってしまうかもということですね。食べられる作物が育たなくなったら、多くの人が困ります」

「そうだね。俺とアニエスが生み出した野菜や果物なら生えるけど。それだと、アニエスが他の国まで魔法をかけに行かなきゃならなくなる。何もなしで育てられるのは今のところ菊芋だけだから」

「……そして魔法を使えば使うほど、私の魔法の種類について言及される恐れもあります。現状はベルトラン陛下もエミリオもナゼル様も隠した方がいいという意見なのですよね？」

重々しい雰囲気でナゼル様は頷く。

「アニエスが魔法をたくさん使わなくていいように、魔獣の問題を早く片付けよう」

「はい……！」

話していると宿に到着したので、私たちは馬車から降りて部屋へ移動する。

宿の部屋は従業員たちによって綺麗に整えられていた。

「それにしても、バレン殿下はまたアニエスを狙っているようだったね。まったく、こちらの文化には困らされるよ」

「あの方は距離が近いですが、本当にそういう意図があるのでしょうか。バレン様はたしか独身ですし、わざわざ人妻に声を掛けなくても、あの人ならすぐ婚約者が見つかりそうなものですが」

「アニエスは可愛いから。大抵の男ならコロッといってしまうんだよ」

「コロッと？」

ナゼル様はすぐにそういうことを言う。

恥ずかしくなった私は、もじもじと小さくなった。

「いつまでも慣れないところも可愛いね」

「…………」

何を言ってもナゼル様は変わらない。素面《しらふ》なのに。

「こっちへおいで、アニエス」

部屋の中を移動してベッドの端に腰掛けたナゼル様は、私を手招きした。素直に彼の傍に寄ると、ナゼル様は慣れた手つきで私を抱き寄せる。

私は、背中から彼にもたれかかるような姿勢でナゼル様に引っ付いた。

文庫注目作
処刑された
最強は蘇り、
再び最強に
返り咲く!!
反逆者として王国で処刑された隠れ最強騎士1
蘇った真の実力者は帝国ルートで英雄となる
著：相模優斗　イラスト：GreeN

ノベルス注目作
臆病な
最強魔女の
「何でも屋」
ライフ
スタート!
暁の魔女レイシーは自由に生きたい1
～魔王討伐を終えたので、のんびりお店を開きます～
著：雨傘ヒョウゴ　イラスト：京一

「余裕がない夫でごめんね」

「いいえ、私だって余裕のない妻ですから」

「逆の立場なら嫉妬してくれるの？」

「もちろんです！」

私は気合いを入れて返事をする。

「それは嬉しいな、ちょっと照れるね。俺はアニエス一筋だよ」

「私だって、いつも言っていますがナゼル様一筋です」

「ありがとう」

ナゼル様は私の髪を撫《な》でながら、優しい声音で話す。

「そうだ、おそらく数日の内にバレン殿下から連絡が来て、本格的な調査に入ると思う。アニエスはここで休んでいて。なんなら、ケリーやトッレとお出かけしてくれていいからね」

「わ、私も調査に……」

「危ないから駄目。昨日の魔獣を見たでしょう？　身重のアニエスに何かあったらと思うと、俺は仕事に全く身が入らない」

ナゼル様が何にも身が入らないのは困る。

そして、心配性の彼が言うことはもっともだった。

言われていることが正しいのは理解できるが、助けになれない自分自身が歯がゆい。

ナゼル様は優しい眼差しのまま、私のお腹《なか》に目を落とす。

「アニエスと、この子を守りたいんだ。まだ時間はかかるけれど、楽しみだな。男の子かな、女の子かな」

「どちらにしても、ナゼル様に似て、優しい子になって欲しいです」

「……俺としては、アニエスに似て欲しい」

まだ動かない我が子だけれど、着実にお腹は大きくなっている。

「不思議な気持ちです」

ナゼル様にもたれたまま、私はゆっくり目を閉じる。

(とてつもない安心感だわ)

彼と彼の子供と一緒にいられることが嬉しい。

「そういうわけだから、アニエスは留守番ね」

「あ……」

うっとりしている間に、ちゃっかりナゼル様の意見を通されてしまった。

こういうところは抜け目がない旦那様である。

「現場には行きませんが、お話は聞かせてくださいね」

「もちろんだよ」

そういうわけで、ひとまず私が折れ、ナゼル様だけが現地へ調査に行くことに決まったのだった。

※

ビッグホッパーの調査が始まった一日目、私はケリーと一緒に宿の部屋から外の景色を眺めていた。ナゼル様は早くも調査隊と一緒に出かけてしまった。

「うーん、予想はしていたけれど、することがないわね」

「アニエス様、それではお出かけしますか?」

いつの間に手に入れたのか、ケリーはポルピスタン製の新作マタニティドレスを物色中である。たぶん、外出着だ。

「うふふ、うふふ、あれもこれもそれも、アニエス様に似合いそうです。よい買い物ができました。アニエス様自身にも、是非とも選んでいただきたいところですが」

「そういうのはケリーの方がセンスがあるもの。あなたに任せた方がいいわ」

小さな頃からエバンテール式で育ってきた私のセンスは、長い間磨かれていなくて、もはや錆《さ》びついていると言っていい。

スートレナへ移住してからは自分で着る物を選ぶこともあるけれど、ケリーのセンスの良さには遠く及ばないのである。

「ポルピスタンの衣類はキラキラしているわね」

「ビーズが取り付けられているんです。そして生地は全体的に薄めのものを重ねる感じですね」

「なるほど」

私はケリーが持っているマタニティドレスを観察した。

つるつるした生地は透けていて、重ねることで肌が見えなくなる仕組みだ。

「ちょっとセクシーだわ」

「ナゼルバート様はお好きだと思いますよ、こういうの」

「……そうかも」

ナゼル様、変なところで喜ぶから。メイド服とか、先生呼びとか……。

過去の諸々を思い出しながら、私はドレスを眺める。

「アニエス様、せっかくですので、こちらのドレスに着替えませんか？」

「えっ……？」

問いかける形であるものの、ケリーは静かにやる気を見せている。

「わかったわ、そうしましょう」

楽しそうなので、私は彼女に身支度をお願いした。

結果、私は完璧なポルピスタン風の姿になる。ケリーも満足そうだ。

「ケリー、せっかく着替えたから、お出かけしない？　行きたいところがあるのだけれど」

「ご一緒します。ところで、どちらへ向かわれる予定ですか？」

「マスルーノ国立学校へ行ってみようと思うの。あそこには魔獣に関する研究室があって、今回の件でナゼル様たちとも連携するみたい。私は魔獣の出る現場には行けないけれど、研究室で話を聞くことはできるわ。スートレナの事例を伝えて、参考にならないか尋ねてみたくって」

もしかすると、何か発見があるかもしれない。そして、運がよければ聖女についての情報も手に入るかもしれない。さらに、研究室をこの目で見ることができれば、スートレナにおける学校作りの参考になる。一石三鳥である。

「なるほど。かしこまりました、アニエス様」

「昨日、事件の処理が片付いたあとで話したんだけど、バレン様が、学校へはいつ来ても大丈夫だと言ってくれたわ」

「ふむ、仄かな下心を感じます。油断がなりませんね」

「ケリーまで、そんなことを言って。仮にあなたの意見が正しかったとしても、バレン様はナゼル様と一緒に調査に出ているから大丈夫よ」

「いいえ、ポルピスタンの方々は恋に奔放だと言います。研究室にはポルピスタンの成人男性も多いはず。アニエス様に近づく輩《やから》は全て排除しなくては」

「過激だわ……」

でも、それを言うなら、クールビューティーのケリーだって声をかけられるかもしれない。

彼女は異性、特に年下の男性に人気があるのだ。

「あなたも気をつけてね、ケリー。無理矢理言い寄ってくる人がいたら、私が芋を投げて撃退するわ」

「頼もしいです、アニエス様」

「トッレもいるから、きっと大丈夫よ」

私たちは気をしっかり持ってマスルーノ国立学校へ向かったのだった。

教師や卒業生らが所属する様々な研究室は校舎の横にある背の高い建物で、ポルピスタン最高峰の学術機関と言われている。

私たちが魔獣関連の研究室へ向かっている途中、行く先に見覚えのある人物が現れた。

ポールの友人であるリュークが走り寄ってくる。

「アニエス夫人！」

「あら、リューク、こんにちは。あなたも研究室に用事？」

「ええ、俺は歴史についての研究が好きでして。まだ生徒の身ですが、特別に研究室への出入りを許されているんです」

リュークは勉強熱心で優秀な生徒らしく、研究室へ来ないかとお誘いもあったようだ。在学生の頃から誘われるというのは非常に名誉なことである。

だが、彼の父が、その話を勝手に断ってしまったらしい。

それでも、リュークは研究が好きという気持ちを抑えきれず、研究室でポルピスタンの郷土史について調べているそうだ。

「よければ、研究室の中を案内しますよ。いろいろな研究室にわかれていて、わりと複雑ですから」

「ありがとう、それなら、魔獣に関する研究室へ案内をお願いできるかしら」

「お安いご用です」

私たちは、リュークに続き建物の中へ足を踏み入れた。研究室の中はとても静かで、そこだけ切り取られた別の空間に迷い込んだような錯覚を覚える。

急な螺旋《らせん》階段を上ると開けた空間に出て、前方にいくつかの扉が並んでいた。

「あちらが、魔獣の研究室ですよ。右から二番目のドアです」

言われたとおりに進み、真っ白な扉をノックする。

すると、中から出てきた研究員が手厚く私たちを迎え入れてくれた。

事前に理事長から連絡があったらしく、非常に丁寧な出迎えだ。

魔獣の研究員たちは全員で五人。いずれも白衣を着た細くて賢そうな人たちだった。

「今日はよろしくお願いします。まず、今回の現象についてなのですが……」

私が詳しくスートレナの事象を話しだすと、全員が黙って真摯に話を聞いてくれる。

「……というわけで、スートレナの過去の事例と今回の事件の共通点を調べたいんです。何も問題がなければいいですが、万が一同じ現象であれば、ポルピスタンもスートレナのように作物が育ちにくい土地に変わってしまう恐れがあります。あくまで仮説ですが」

スートレナは以前から作物が育ちにくい土地だ。それも、食べられる作物ばかりが実らない。自然現象にしてはおかしなことだった。

だが、魔力に関する問題であれば、この不思議な現象にも説明がつく……かもしれない。

いずれにせよ、ここには専門家が揃っているので、いい機会だと思う。

「アニエス夫人の説は検証してみる余地がありそうですね」

研究員の一人が、銀色に縁取られた四角い眼鏡を鋭く光らせて言った。

「試験の際に岩山で採取した土ですが、作物が育たない毒が検出されました。他の地域の土からも、同じ成分が出ています。この毒が根こそぎ植物を枯らしているようです」

一人が言うと、別の研究員が詳しい説明を始める。

「あの毒は解毒されるのに百年以上を要するでしょう。スートレナの例では、その間に草などの、勢いが強い植物だけは生えるようになったのかもしれません」

「強い酸の成分が検出されましたからな。相変異した状態で、植物を食べるとああなるようです。被害に遭った場所の土も、過去に採取したスートレナの土壌と似ているようでした。それ以上のことはまだ不明です」

昨日の今日の話なので、現段階では調査がそこまでしか進んでいないようだ。

「あの、その事象を歴史的観点から見てみてはいかがですか？」

発言したのは今まで静かに話を聞いていたリュークだった。

「なにか、手がかりになる文献があるかもしれません」

私は彼の言葉に頷き、今度は歴史の研究室へ足を運ぶ。

途中、ケリーが研究員たちから熱い眼差しを送られていたけれど、彼女は何事もなかったかのようにそれらを全てスルーしていた。

意図してではなく、本気で気がついていない可能性が高い。

「アニエス夫人、こちらが俺がお世話になっている歴史の研究室です」

リュークの紹介ということもあり、事前に話を通していなかったがすんなり中に入れた。

埃《ほこり》を被《かぶ》った古い書物が壁の棚一面に並んでいる。

研究員たちはそれぞれ、自分の調べ物に忙しそうだ。

「土地や農業に関する資料はあっちだよ」

忙しそうな研究員は、リュークに奥の棚を見るよう指示する。

「ありがとうございます」

私たちは全員でめぼしい資料を探し始めた。しかし、なかなか見つからない。

「すみません、あのう……」

困っていると一人の研究員が話しかけてきた。藁《わら》のようにぼさぼさした髪の、眠そうな男性だ。

「私、石碑や壁画をメインに調べている者ですが……こちらの伝記に似た記述が」

少し自信なさげな研究員は、とある書籍のページを指さす。

古くて破けそうな伝記は紙ではなく革でできている。文字も薄ぼけていて、細かい部分は判別できない。

「文字ではなく、この絵を見てください。これ、ビッグホッパーに似ていません？」

そこには黒くて虫っぽい絵が描かれている。絵はたしかに変色したあとのビッグホッパーに似ていた。

「我々はこの文献を、ただの昆虫の記述だと思っていたのですが、前々から次のページに違和感を覚えていまして」

言われてページをめくると、次のページは全面が紫色だった。ちょっと怖い。

書き殴るように塗りたくられた紫から、なんとも言えない圧を感じる。

「過去の通り復元されてきた書物ですので、内容や色合いは合っていると思います」

「これ、ナゼル様の言っていた地面の色と同じだわ」

私の言葉に、リュークも頷く。

「俺は直接見ました。地面が紫に染まって、植物が枯れていったんです。まるで、この絵みたいに……」

次のページでは植物のいっさい生えない荒れた大地と土地を離れていく人々が描かれていた。

「ポルピスタン南部の文献です。今、あそこは砂漠なんですけど、他の資料には、百数年前までは北部と同じように乾季と雨季のある気候だったとあります。実際、お年寄りの中には、親や祖父母からそういった話を聞いている人もいました」

なら、ポルピスタンが砂漠になった原因が、この紫色のページということだ。

「最近まで、私はこのページが何を指し示すのかわかりませんでした。でも、卒業試験の話を聞いてもしかしたらと思ったのです」

研究員の言葉に、私も同意した。その可能性はあるかもしれない。

（だとすればストートレナは、砂漠が長い年月をかけて、ある程度元に戻った姿なのかしら）

いずれにせよ、一度作物が生えなくなった土地は、その後長い間回復しないということだ。

「この文献の通りだとすると、ビッグホッパーをなんとかすれば……でも、あんなに大量発生している魔獣を全部退治するのは骨が折れそうだわ」

黒いビッグホッパーは数が多い上に神出鬼没だ。

「わ、私は引き続き、似た文献を探します！　ビッグホッパーはある程度数が減れば、通常の緑の固体に戻るかと……」

自信のなさそうな研究員は、さっそく別の資料に目を通し始める。ここにある古い文献は各地で発掘された貴重品らしい。

「じゃあ、私はナゼル様にこの情報を伝えましょう」

聖女に関する情報は、また今度見せてもらうことにする。

彼なら何かいい方法を思いつくかもしれない。

「リューク、案内してくれてありがとう。あなたのおかげでポルピスタンで起きている問題を解明することができるかもしれないわ。私一人では歴史の研究室まで来られなかったもの」

「いえいえ、アニエス夫人たちには恩がありますから。就職の件、くれぐれもよろしくお願いしますね。俺、騎士団勤務とか、絶対に無理なんで」

「ええ、もちろんよ。問題が片付いたら、あなたのお父様の説得に向かうから安心してちょうだい」

「アニエス夫人……」

手を差し出すと、リュークはそれを取ろうとし、慌てて手を引っ込めた。

彼を見ると、顔を真っ赤にして焦っている。

「いや、あ、すみません。男所帯で育ったせいか、女性に触れるのが慣れなくて」

「そうなのね」

奔放なポルピスタンの中で、そんな風に育つのはいいことかもしれない。

「情けないですよね、女性に触れられないなんて。貴族の男はたくさんの女性と付き合ってこそ一人前だというのに。父にもいつも言われます、まだ恋人の一人もいないのかって」

その教育方針はどうかと思う。

「うーん、婚約者との結婚が主流のデズニムでは、ちょっと考えられない価値観ねえ。好みや価値観は人それぞれだけれど、私は一途《いちず》な人が好きだわ」

だって、婚約者や結婚相手が浮気性だと、はらはらしてしまう。

せっかく一緒にいても安らげない関係は悲しい。

「あなたはそのままで十分素敵だわ。ポールとも仲良くしてくれているし、私は感謝してる。スートレナに研究熱心な人が来てくれるのは嬉しいもの。ポルピスタンの歴史についての研究を進めたいなら、スートレナでやってくれていいし」

「いいえ、俺はスートレナの郷土史を新たな研究テーマに据えたいと思っています。アニエス夫人のお話を聞いただけで興味深いと思いましたから」

「そうなの？　私はスートレナについて調べてもらえれば嬉しいけど、気を遣わず好きなことをやってね」

「アニエス夫人は優しい方ですね。ポルピスタンの男たちがあなたを好きになるのもわかります」

「えっ……？」

よくわからない話が出たので、私はびっくりしてリュークを見た。そんな私を見て、なぜかリュークも驚いている。

「もしかして、気づいていませんでしたか？　アニエス夫人は強いし、可愛いし、優しいしで生徒たちに大人気なんですよ。理事長なんてモロだし、元理事長も怪しいと俺は踏んでいます」

（ひえ〜！）

ここへ来て、ナゼル様の言葉が信憑性を帯びてきてしまった。

（生徒たちに関しては、『腕相撲が楽しかった』とか、そういう次元の話だと思うけど……）

大人二人は教育者としてかなり心配だ。

「とにかく、今日教えてもらったことについては、ナゼル様に相談してみるわね」

私たちは研究室を出て、再び宿に戻った。

ちょうどナゼル様も帰ってきていて、ロビーで鉢合わせる。

「アニエス、ただいま」

「おかえりなさい、ナゼル様」

「その服……」

「ポルピスタンのマタニティドレスです」

「そうなんだ、ビーズが綺麗だね……生地が透けてるけど」

「重ね合わせているから、肌は見えないでしょう？　ケリーは褒めてくれたし、私も可愛いと思うんですけど」

「たしかに、アニエスはとてもとてもとても可愛いよ。でも、そんな姿をポルピスタンの男共が見たら放っておかないと思う。外に着ていくのは心配だ」

「ふふっ、大丈夫ですよ。今日は学校の研究室へお邪魔したのですが、皆良識のある方ばかりでした」

「研究室？」

「はい、ビッグホッパーについて何かわからないか、話を聞きに行きました」

「本当にその格好で、よく無事だったね」

ナゼル様は私の言葉をあまり信用していない風に見えた。

「調査の方は収穫がありましたか？」

「うん、他にもビッグホッパーの群れが見つかったんだ。人々を襲うから駆除してきたけど、俺の魔法との相性が悪すぎだね。虫食い植物まで食べようとしてきたよ」

現場では虫と植物による、食うか食われるかの激しい戦いが繰り広げられたのだとか。

そんな中で、ナゼル様が無事に帰ってこられてなによりだ。

「アニエスの話も、詳しく聞かせて？　研究室はどうだった？」

「向こうでは、魔獣についての他、ポルピスタンの歴史について調べてきました。実は過去の文献に、今回の件と似た記述があったんです。ビッグホッパーと植物が育たない土地はやはり関係があるかもしれません。今、研究室でさらに詳しく調べてもらっています」

「頼もしいね、アニエスは」

「……！」

ナゼル様に仕事のことで褒められた。嬉しくなった私は心の中で大喜びする。

（やったわ。ナゼル様のお役に立てたのね！）

しかし、問題が解決したわけではない。

まだまだ調査しなければならないことや、対応しなければならないことが多そうだ。

「こちらは近隣の兵士や生徒の希望者も含めて、再び大がかりなビッグホッパー退治を行うことになりそうだよ」

なんでも他の場所でも黒いビッグホッパーの目撃情報があったのだとか。

「生徒まで!? となると、私の強化魔法の出番です」

「うん、そうなんだけど、アニエスの魔法のことがばれると厄介だな」

「ですが、生徒を命の危険にさらしたくはありません。いつも通り、こっそり魔法をかけてこっそり解く感じでいいのではないでしょうか。試験のときも、それで大丈夫でした」

「バレン殿下やマスルーノ公爵には気をつけて。あの二人は特に鋭そうだから」

「はい、ばれないようにします！」

「絶対強化」は、まだ詳細が判明していない特殊な魔法だ。

私が魔法のことで狙われるかもしれないという懸念もあり、魔法については国内でも、身近なナゼル様たちやベルトラン陛下たちくらいにしか公開していない。

「『絶対強化』はかつて存在した聖女並みに凄い魔法らしいから、きっと狙われてしまうよ。瀕死《ひんし》の俺を生き返らせたくらいだし」

私はナゼル様の言葉に頷く。

（安全な範囲で魔法を使わなくてはね）

魔獣退治の当日は、私もナゼル様についてマスルーノ国立学校へ行くことにした。

「さて、大まかな予定も決まったことだし……アニエス、部屋に行こう」

「ふぇ？」

「そんな可愛い格好で俺の前をうろつくんだからな」

ナゼル様は爽やかな笑顔だけれど、不穏な予感がするのは気のせいだろうか。

「え、ちょ、待ってください、ナゼル様」

「んー？　待たない」

かくして私は旅先でも、いつも通りナゼル様に部屋まで連行されるのであった。

◆4 芋くさ夫人の魔法効果

魔獣退治の当日は雨だった。

重たく厚い雲の下、私とナゼル様、生徒たちは学校の校庭に集まる。

(よし、今だ！　強化魔法バッシャー！)

私は集まった生徒全員にこっそり強化魔法をかけた。

緊張した表情を浮かべたポールやリュークもいる。

リュークは来たくなかったみたいだが、父親に無理矢理参加するよう命令されたらしい。気乗りがしないようで、なんとなくしょんぼりしている。

(魔獣の件があるから、まだシンプレ子爵には彼の就職のことを伝えられていないのよね)

この魔獣退治が済めば、とりあえずは時間ができるだろう。

「アニエスは校舎の中にいるんだよ。俺たちは手分けして、魔獣を退治してくるから」

「はい、ナゼル様。どうか、お気をつけて……」

ナゼル様が優しく私を抱きしめる。

「いいことかどうかわからないけど、担当する現場はこの近くだし大丈夫だよ。アニエスは心配せずに体を大事にして」

私の頬に軽いキスを落とすと、ナゼル様は生徒たちと一緒に騎獣に乗って羽ばたいていった。

マスルーノ国立学校の生徒たちは騎獣にだって乗れてしまうのである。

ちなみに、他の生徒たちとは違い、リュークを抱えたポールはそのまま身一つで飛んでいった。

（あらまあ、ポール。飛ぶのがさらに上手になったわねえ。スピードが出ているわ）

彼らを見送った私は、小さく息を吐《つ》いて校舎に戻る。

残ったトッレとケリーが気遣わしげに私を見た。

「心配は拭えないけれど、私は私のできることをしようと思うわ」

ナゼル様たちと別れたその足で、私は歴史の研究室へ向かう。この間の話の結果を聞くためだ。

行くことを予《あらかじ》め連絡していたため、今回はリュークなしでも中に入れた。

「アニエス夫人、こんにちは。例の件について調べ終わりましたよ。似た文献はありませんでしたが、騎獣でポルピスタンを回ったときの資料を見て、あの紫色の土地は現在のポルピスタン南部の話だったという事実がわかりました。あそこは現在砂漠地帯ですが、植物が全く生えないわけではありません。少しずつですが、土が回復しているのかもという仮説を立てております」

「わあ、ありがとうございます。もし土が時間の経過と共に回復しているのであれば、砂漠もいつかは元に戻るということですね」

「はい、膨大な時間がかかりそうですが」

さもありなん。

ナゼル様や私の仮説では、スートレナも同じ状況だった可能性が高いということになっている。

(だんだん、その説の信憑性《しんぴょうせい》が増してきたわ)

スートレナには植物は生えている。だが、作物は実らない。

きっと、まだ土壌が回復しきっていないのだ。

再び食べられる植物が育つまでの膨大な年月を思うと気が遠くなる。

「いずれにせよ、今発生しているビッグホッパーを食い止めるのが最善の選択です」

「そうですね。これ以上被害が広がらなければいいのですが」

不安を感じつつ、私は窓の外を見る。まだ雨は降り続いていた。

研究室を後にした私は、その足で学校内の客室へ向かう。ここは私が滞在するために用意された部屋だった。

場所も保健室の近くだし、妊婦に優しい仕様になっている。

(さて、次の仕事ね)

ナゼル様が外に出ている間に自分にできることはないかと思い、私は待機時間に仕事を詰め込んだ。

このあとは学校の応接室を借りて訪問客をもてなさなくてはならない。

ナゼル様と私がこの地を訪れたことにより、ポルピスタンの貴賓が挨拶に訪れるのだ。

今回のお客はポルピスタン貴族の夫人たちで、代表者の一人からアポイントの手紙が宿に送られてきた。私は宿でせっせと返事の手紙を書いていたのだ。

宿の部屋はたくさんの訪問客を迎えるには少し狭いため、学校の巨大な応接室を借りられるのは助かる。

一息ついた私は、ケリーとトッレを伴い、応接室へ移動した。広々とした応接室はお洒落《しゃれ》な雰囲気がある。流石《さすが》名門校だ。

上品な花柄のソファーに、豪華な調度品が置かれ、床には高級な絨毯《じゅうたん》が敷かれている。さらに窓から見える景観もいい。

（さて、スートレナの領主夫人としての仕事を始めましょう。前回ナスィー伯爵夫人に教わった社交が活《い》かされるときがきたわ）

パンパンと頬を叩《たた》き気合いを入れた私は、さっそく夫人たちを出迎える準備を進めた。

ナゼル様のことが心配で仕方がないが、ちょこまか動いていると気が紛れていい。

時間になり、数人の夫人たちが学校にやってきた。中にはマスルーノ公爵の奥方もいる。

（緊張する……！）

私は外で彼女たちを出迎えて挨拶をし、会議室まで案内した。

今回は学校の近くに住む三人の夫人たちが来てくれた。挨拶は好感触だ。全員私より年上だが、彼女たちの態度は優しい。

着席した夫人たちの前にケリーが紅茶を置いていく。妊娠中の私はハーブティーだけど。

「アニエス夫人、ラトリーチェ様からの手紙を見て、あなたに会いたいと思っていたの」

そう話すのは、王妹であるマスルーノ公爵夫人――ヌワイエ様だ。

彼女は昔から姪《めい》っ子のラトリーチェ様を可愛《かわい》がっていたらしく、他国に行くのを最後まで反対していたのだとか。

「最近はお互い身重で会えていませんが、手紙だとラトリーチェ様は元気に過ごしておられるようです。体調も悪くなく、お腹《なか》も順調に大きくなっているとか」

「まあ、それはよかったわ」

ラトリーチェ様と仲良しな私に、ヌワイエ夫人は優しい。他の夫人も格上である彼女に倣っている。

「ところで、訪問のお返事の手紙に面白いことが書かれていたわね。アニエス夫人は学校に興味があるの？」

「はい、スートレナに建てたいと思いまして。陛下の許可はもらっています」

「それは素晴らしいわ！」

教育に高い関心を持つヌワイエ夫人は目を輝かせた。

「ええと、マスルーノ国立学校を参考に、まずは役人になる人を育てる学校を作りたいです。それから職人の学校や大人でも通える学校も増やしていければと……」

「エクセレント！」

私の話を聞いたヌワイエ夫人は、自身の学校についての思いや、経営について語ってくれた。

便宜上、夫のマスルーノ公爵を理事長にしているが、権限は公爵夫人が持っているらしい。

他の夫人たちも学校運営には興味があり、話に乗ってきてくれた。全員、ブーレン学園を卒業しているそうだ。

（ヌワイエ夫人のおかげで、デズニムの社交よりうまくいきそうだわ）

ナゼル様に迷惑をかけずに済みそうで、私は心から安堵《あんど》した。

そして、話は学校のことから最近のポルピスタンの情勢に移る。

「そうそう、お聞きになりました？　南東のマイザーン国がきな臭い動きをしているとか」

「たしか、少し前に国王が替わったのよね。前の王は現状維持派だったけど、新しい王が好戦的だったら困るわ」

全員がブーレン学園を卒業した才女なので、彼女たちは政治的な話や他国の情勢にも詳しい。

（デズニムはポルピスタンを挟んでいるから、マイザーン国が攻めてくることはなさそうだけど。スートレナの平和のためにはポルピスタンを応援したいわね）

私は注意深く夫人たちの会話に耳を澄ました。

「あっちの国の者が、勝手にポルピスタンへ入ってきたりしているのよ。探りを入れられているみたいだわ。今年は食料事情も心配だし、悩みはつきないわね。デズニムが支援してくれるようで、ありがたいわ」

夫人たちは私に感謝を述べている。

「いえいえ、うちも他人《ひと》ごとではありませんから」

ポルピスタンが落とされれば、次にあるのはデズニムだ。

「昔みたいに聖女様がいればねえ」

「聖女、ですか？」

「ええ、以前マイザーン国がうちに攻め込んできたときにね、ポルピスタンの聖女が撃退したという言い伝えがあるの」

「ポルピスタンの聖女？」

「ええ。あまり知られていないけど、運良く当時の聖女がポルピスタンにいたみたいね。聖女に関する文献は今、マスルーノ国立学校の研究室に保管されていると思うわ」

「……！」

バタバタしていてまだ調べられていないが、やはりこの学校には聖女に関する文献があるらしい。

（しかも、その聖女がマイザーン国の侵攻を退けたなんて……）

新たな情報に文献を読んでみたい気持ちは大きくなるばかりだ。私の様子を見ていたヌワイエ夫人が微笑《ほほえ》ましげに目を細めた。

「アニエス夫人は聖女に興味がおありなの？」

「あ、はい。どんな魔法を使っていたんだろうって」

「確かにロマンがあるわよねえ。うちの夫も聖女聖女ってうるさいのよ。まあ、現れて欲しい気持ちはわかるけど」

聖女についての話は弾んだものの、それ以上の情報は得られなかった。

マスルーノ公爵夫人はいい人だったので、仲良くなれてよかったと思う。

※

ワイバーンのジェニに乗ったナゼルバートは、曇天の中を被害が出そうな場所に向かって飛び続けていた。第二王子兼理事長のバレンも一緒だ。

デズニムでは王族が魔獣退治に同行するなどもっての外だが、ポルピスタンではそうではないらしい。

むしろ、地位が高い者ほど率先して武功を打ち立てるのがよいとされている。

目的地は学校にほど近い畑の密集地だった。

今までのビッグホッパーの行動ルートからして、次に狙われるのはそこだ。

村を中心としてその周囲に畑が集まっているような場所である。

「まったく、倒しても倒しても別の場所に出現する。厄介な魔獣だね」

近くを騎獣で飛んでいたバレンが顔をしかめた。

事前に聞いていた話の通りなら、ナゼルバートの前方には、そろそろ岩山と畑が見えてくるはずである。

だが、目の前の景色はただ真っ黒に染まっていた。

もやがかかっているような……。

（いや、違う。あれは……）

何か黒い塊が動いている。

「嘘《うそ》だろ……ビッグホッパーじゃないか。まだあんなにいたのか」

バレンが叫んだ。

そこには恐ろしい数の魔獣が蠢《うごめ》いている。

まるでポルピスタン中の全てのビッグホッパーが集まったみたいだ。

近づくにつれて、耳障りでうるさい羽音が聞こえてくる。しかも……。

「飛んでる……？　羽が長い！」

聞いた話では、ビッグホッパーはジャンプはすれど、飛びはしないはずだった。

しかし、現状を見る限り、黒い変異種は空を飛ぶことができるのだとわかる。

魔獣の群れはマスルーノ国立学校へ向けて空を移動し始めていた。あそこには、広い研究用の畑もあるのだ。

以前、岩山にいた群れも最終的にはそこを目指していたのだろう。

保護者席にビッグホッパーが現れたのも、学校へ向かう進路上にあったからだと今ならわかる。

（まずい！　学校にはアニエスがいる……！）

またしてもナゼルバートは焦燥に駆られた。

ビッグホッパーは草花よりも作物を好む。

今回の目的地だった向こうの畑は既に食い尽くされていると考えていい。

「今の進路では、こちらへ向かってくる魔獣の群れと衝突します。奴《やつ》らの最終目的地はおそらく、学校の研究室で使っている畑です」

ナゼルバートは今回の指揮を執るバレンに訴えた。

学校にいる者たちが迂闊《うかつ》に外に出ていたりしなければいいが、ビッグホッパーが飛べるなんて誰も予想をしていない。

「魔獣を迎撃しつつ、マスルーノ国立学校へ引き返す！」

ナゼルバートの言いたいことを理解したバレンは、後続に指示を出して方向転換をはかる。ナゼルバートを背中に乗せたジェニも、スピードを上げて飛び出した。

ときを同じくして、真っ黒な空から、ぱらぱらと雨が降り始める。

「ポール、リューク。一緒にジェニに乗っていくかい？」

魔法で飛んでいるポールたちに声をかけると、彼らは驚いたようにナゼルバートを見た。

「義兄上《あにうえ》、いいんですか？」

「ああ、学校へ急ごう」

魔法で空を飛ぶよりもワイバーンの方が速い。

なぜか不安そうなポールやリュークは、ナゼルバートと共にジェニに騎乗する。

しばらく飛ぶと、ポールが感慨深そうな顔をした。

「義兄上は騎獣の操縦がお上手なのですね。僕は最初に騎獣に乗ったとき以来、ずっと騎獣での移動が苦手だったんですけど……今日は苦痛に感じません」

「そうかな？　ちなみに、以前は誰と乗ったの？」

「ラトリーチェ王妃殿下です。もっと荒々しい乗り方をされていました」

「……ああ」

そういえば、以前聞いたことがある。王妃の操縦は危険だと。

「ポールの初飛行は災難だったみたいだね。でも、普通はこんな感じだよ？」

「これなら、僕も騎獣に乗れそうです」

話しているうちに、学校が見えてきた。

ナゼルバートたちの隊列は横に広がり、学校の前で魔獣を完全に食い止める構えをとる。

一匹たりとも学校に入らせないように。

（学校内にはアニエスたちもいる。ここで魔獣を全て片付けなければ）

バレンが号令をかけると同時に、全員が雨に濡《ぬ》れながらビッグホッパーの群れに突撃する。

ポールやリュークはジェニから降りて再び攻撃態勢に入る。

「うわぁぁぁっ！」

さっそく突撃したリュークが、魔獣の突進を受けて跳ね飛ばされ、魔法を出す間もなく校舎へ体を激しくぶつけてしまった。しかし……。

「あ、あれ？　なんか体が硬くね？　俺にぶつかった魔獣の方が痛そうなんだけど」

アニエスの魔法のおかげで彼は無事だった。

「リューク、無理せず。魔法で自分の身を守ることを優先すればいいよ」

ナゼルバートの言葉に、リュークはほっとした顔で頷《うなず》く。

幸い、彼の父親であるシンブレ子爵は、遠くでビッグホッパーと戦っていた。こちらのやりとりには気づいていない。

「はい、そうさせていただきます」

リュークは父親から隠れるように、校舎の陰で小さくなった。

彼の安否を確認しつつ、ナゼルバートは魔法で植物を生み出し、ビッグホッパーたちの侵入を防ぐ。

（やっぱり、相性が悪いなあ。気を抜くと、植物が食べられてしまう……）

いつものように軽く魔獣退治できないのがもどかしい。

それでもナゼルバートは周囲をサポートしながら、ビッグホッパー退治を続けるのだった。

※

ふと、虫の羽音が聞こえた気がして私は背後を振り返った。
今立っているのは、マスルーノ国立学校の校舎中央部にある、天井の高い空間だ。
何かできることはないかと保健室の準備を手伝い、一仕事終えたところだった。
周りには無機質な白い壁が並んでいるだけで特に変化はない。
(気のせいかしら?)
だが、何かが引っかかり、私は校舎の中央部から外の門がある方向へ移動した。
ケリーやトッレも一緒だ。
何気なく窓から外を眺めた私は、目の前に広がる異様な光景を見て絶句する。
「何、これ。雨……じゃないわよね?」
目の前に広がるのは一面の黒で、それが羽ばたき、うぞうぞと動いている。
ビッグホッパーだ。
「空を飛んでる!?　あの魔獣、飛べるの!?」

黒い塊の間からは人の姿も見えた。魔獣と戦っているようだ。

「なんでこんなところにビッグホッパーが大量発生しているの？　ナゼル様は無事かしら……？」

不安に駆られた私は、階段を上がり最上階の窓からあたりを確認する。

すると、黒の中に目立つピンク色が見えた。

「ジェニ！」

乗っているのは、ナゼル様だ。

しかし、ビッグホッパーの数が多いので苦戦している。

ジェニもたくさんの魔獣に囲まれて飛びにくそうだ。

（全体的に押されているわ）

相手は暴走中の魔獣で、人間相手のようにはいかない。

そして、ナゼル様の植物は食料としてビッグホッパーに狙われている。

（なんとかしなきゃ。ナゼル様やポールたちが怪我《けが》をしたら大変！）

しかし、私にできることは限られている。闇雲に突っ込んでも怪我をして迷惑をかけるだけだ。

そうこうしているうちにも、ビッグホッパーの猛攻は続く。私は護衛として近くに立っているトッレを振り返った。

「トッレ、私は校舎の中にいるから、ナゼル様のサポートをお願い。無理のない範囲でね」

「了解であります！」

すぐに階段を駆け下りたトッレは外に飛び出していき、魔法で「巨大化」して戦い始めた。

「あとは……」

私はビッグホッパーに狙われているナゼル様の魔法を見た。

「そうだ、ナゼル様が魔法で出す植物を、私の芋みたいに強くしてしまえばいいんだわ」

窓から外にいるナゼル様に狙いを定め、私は「絶対強化」の魔法を行使した。

「強くなぁれ！」

しかし、魔法はナゼル様ではなく、タイミング悪く身を乗り出したポールに当たってしまった。

ちなみに、かけられた本人は魔法に気がついていない。

「あちゃ……失敗？　もう一度、強くなぁれ！」

今度はしっかりナゼル様に魔法が届く。これで一安心だ。

「ついでに、トッレにもかけておきましょう。三分間しか『巨大化』できないのは心配だわ」

やることをやり終えた私は、校舎の中で静かに戦いの行方を見守る。

今回の事件は単なる他国の話ではない。

マスルーノ公爵が治める領地を北へ北へと上っていくと、スートレナがあるのだ。

ビッグホッパーが私たちの住む場所へやってこないとも限らない。

（せっかく、食料不足から脱して領地が回復しつつあるときに、魔獣被害が出ては困るわ）

強化されたナゼル様は、再び魔法で植物を出現させたところで……自身の魔法の異変に気がついた。

植物が急に固く強くなったためか、ビッグホッパーも戸惑っている。

だが、そこはナゼル様。突然の出来事にも見事に対応し、強化された植物で次々と魔獣を倒していく。

ポールの飛行速度も目に映らないくらい速くなっていた。彼はジェニの上から離脱し、周囲を飛び回ってナゼル様のサポートをしている。

（魔獣の後片付けが大変そうだわ）

早くも倒されたビッグホッパーたちが地面に積み上がっていて、足の踏み場がない状況だ。

トッレもナゼル様とポールに合流し、ここに、最強三人組が誕生した。

体も魔法も強化された三人の勢いは止《とど》まるところを知らない。

「ケリー、見て。魔獣がまるで雨粒のように落ちていくわ」

「あらまあ。私、雨は平気ですが、虫はあまり好きではありません」

「そうねえ。私も畑の害虫は許さないわ。野菜を根こそぎ駄目にしてしまうのはちょっとね」

話をしているうちにときは過ぎ、ビッグホッパーの数は目に見えて減ってくる。

（景色がまともに見えるようになってきた。重傷者もいないみたいね）

状況を確認していると、不意にケリーが声を上げる。

「アニエス様、あれを……！」

見ると、ひときわ大きな個体がナゼル様たちに襲いかかっていた。

「ビッグホッパーって、群れの中にボスがいるの？」

「いいえ、そんな話は聞いたことがありません」

「今回の相変異に関係する特殊例かしらねえ。帰ったらスートレナ側の歴史資料も調べましょう。わからないことばかりだわ」

ナゼル様たちはビッグホッパーのボスと交戦中。

「よし、私も……」

芋を片手に、近くの窓を開ける。

そしてピンク里芋を大きく振りかぶって、ボスらしき魔獣に向かって投げた。

芋はビッグホッパーのボスにコツンと当たり、地面に落ちる。

「………」

あまり効果はないようだ。しかし、ビッグホッパーが芋に反応した。

固くしたピンク里芋を食料だと思っているのか、明らかに食べようとしている。

その隙にナゼル様たちの攻撃が入り、ビッグホッパーのボスは地面に倒れた。

これで、学校付近の全てのビッグホッパーの討伐が完了する。

しかし、芋に気づいたナゼル様は、校舎の方向をキョロキョロ確認し、窓の内側にいる私に気づいた。

（鋭い……）

あとで注意されるかもしれないけれど、ナゼル様が無事なので全てよし。

校舎の前には無数のビッグホッパーが積み上がり黒い山になっている。

私とケリーは、ナゼル様たちを迎え入れるべく、無理のない範囲で階段を急いで下りた。走るとケリーに指摘されるからだ。

ナゼル様は私の行動を見通していたかのように、逆に階段を駆け上がってきた。

「アニエス、止まって！　階段の上り下りは控えて……！」

「ナゼル様、お帰りなさい。怪我がなくてよかっ……わぷ!?」

階段の踊り場で抱きしめられてしまった。ケリーは邪魔することなく静かに控えている。

「あんな中で窓を開けるなんて、駄目だよ。もし、ビッグホッパーが入ってきたら危険だ」

「窓の大きさより魔獣の方が巨大ですので、入ることはできないですよ？」

いつもは冷静なナゼル様だけれど、私のこととなると少々大げさに心配する人になってしまう。

「それにしても、すごい大群でしたねえ」

「まだビッグホッパーは各地にいるらしいけど、以降はここまでの数にはならなそうだよ。倒した魔獣を片付けることを思うと、今から憂鬱な気分になるけどね」

まあそれはポルピスタンの人々に頑張ってもらうしかない。

「さて、問題はビッグホッパーを倒している間に、魔獣から漏れ出た魔力で周辺が不毛の地になってしまったことだけど……どうやら、食事をするたびに、魔力が溢《あふ》れるみたいなんだよね。さっきも向こうの畑を食い荒らしてきたところだったから」

「どうしようもなかったとはいえ、残念なことですね」

「俺たちにできることはやった。あとはここの人がどのように立ち直っていくかだね。もちろん、スートレナにできることがあれば手助けはするつもりだよ」

「ええ。今日のところは皆が無事でよかったです。ナゼル様、濡れてしまっているので、タオルをどうぞ」

一段落したし、ゆっくりナゼル様に休んでもらおうと思ったが、彼はまだ私を解放してくれない。

「ところでアニエス、君、俺の魔法に何かした？」

「あ……」

鋭いナゼル様は、魔法も私の仕業だと気がついていたらしい。

「その、ですね、魔法にも強化を使ってみたら、あんな感じになりました」

「……はぁ」

ナゼル様はその場で停止した。

「本当に君の魔法は予測できないね。瀕死《ひんし》の人間を生き返らせたあとは、魔法の強化か」

「できるかどうかは、やるまでわからなかったんですけど」

「できちゃったわけだね」

「はい……」

話していると、バレン様がやってきた。ナゼル様を捜していたようだ。

「急にいなくなっちゃったから捜したよ、ナゼルバート。アニエス夫人のもとへ直行してたのかぁ」

「ええ、愛する妻のことが心配で心配で、いても立ってもいられなかったのです」

ナゼル様は朗らかな笑みを浮かべているが、目の奥は笑っていない。

あからさまな牽制《けんせい》である。

（ひぃ……）

そんな牽制をわかっているのかいないのか、バレン様は素知らぬ顔をしている。

「事後処理は僕らで引き受けるよ。ナゼルバートは休むといい」

「では、お言葉に甘えて」

頷いたバレン様は、何かを思い出した様子でナゼル様を見る。

「それにしてもあの戦いの中で、君たちの魔法が急に強くなったように思えたんだけど」

「気のせいです。切羽詰まって、本来以上の力が出せたのでしょう」

ナゼル様は素早く回答した。

「そうか。そういうものかな？」

バレン様は腑《ふ》に落ちない様子だったが、一応納得したらしい。それ以上は質問してこなかった。

「アニエス夫人、怖い思いをさせてしまったね。お詫《わ》びに観光したい場所があったら、僕が是非と

も案内を……」

「間に合っております、バレン殿下。あなたは理事長の仕事がお忙しいでしょう？」

返事をしたのは、私ではなくナゼル様だった。

「おや、手厳しい」

「理由は重々わかっていらっしゃるのでは？」

男性二人の間に、奇妙な沈黙が落ちた。

空気を変えようと、私は慌てて口を開く。

「バレン様、卒業まであと少しですが、ポールのことをよろしくお願いします」

「うんうん、任せて。アニエス夫人の弟だし、僕が責任を持って見届けるよ」

バレン様は調子よく請け合ってくれた。多分大丈夫だ。

そのあと、私たちはバレン様と別れ、再び宿へ帰った。トッレはジェニを厩舎《きゅうしゃ》へ返しに行ったので、あとで合流する。

「そういえばナゼル様。今日はマスルーノ公爵夫人たちとお話ししたのですが、ポルピスタンの聖女の話を聞きましたよ。彼女はマイザーン国の侵攻からポルピスタンの人々を守ったらしいです」

「聖女の魔法は判明した？」

「それはまだ……でも、研究室に文献があるのは本当みたいでしたから、次の機会に見せてもらう予定です」

「そのときは俺も同行しよう」

「頼もしいです」

それから、私はマイザーン国が、またポルピスタンに対して不穏な動きをしていることをナゼル様に伝えた。

「なるほど、公爵夫人が言うなら信憑性が高いね。ベルトラン陛下にも知らせておくのがよさそうだ」

「はい、何事もなければいいんですけど」

それでなくとも、ビッグホッパーのせいでポルピスタンは混乱している。

現在はデズニムと友好関係にある国なので、ナゼル様もポルピスタンの情勢を心配しているようだった。

そうこうしているうちに宿のエントランスに到着する。中に入ると、何やら従業員たちの様子が変だった。

全員戸惑った様子で慌ただしく走り回ったり、調べ物をしたりしている。

「どうしたのですか?」

「ああ、フロレスクルス辺境伯にアニエス夫人。実は大変なことが起こりまして……」

聞けば、私たちの客室に泥棒が入ったらしい。

「泥棒。何か盗まれていますか?」

「見た限りは、何も取られていないようですが、念のため確認をお願いいたします」

犯人は逃走しており、まだ捕まっていないそうだ。

「わかりました、荷物の確認をしますね。なんとも不安な話だわ」

私は、隣で眉を顰《ひそ》めるナゼル様を見上げた。彼は私とは別のことを考えている様子である。

「……被害がないとしたら、犯人には他の目的があったのかもしれない」

「目的？」

「もしもの話だし、具体的なことはわからないよ」

ナゼル様は私を安心させようとしているみたいだが、彼の懸念が気になって仕方がない。

「例えば、どんな目的があるのですか？」

「ポルピスタン側でスートレナにもの申したい何かがあるとか、今回のビッグホッパーがらみか、はたまたバレン殿下やマスルーノ公爵の関係者か、マイザーン国がらみか……先のデービアの事件の残党かというところかな。あの事件のあと、国外へ逃げた貴族もいるんだ」

「最後のが一番怖いです」

もう、あんな争いはこりごりだ。

「あの事件のあとで逃げ、既に捕まった者も大勢いる。けれど、まだ見つかっていない者も数名いるんだ。そういった輩《やから》が俺を逆恨みして狙っている可能性もある。ビッグホッパーの件で居場所が割れたかな」

なんと言ったらいいかわからず、私は唇を引き結んだ。

「一番阻止しなければならないのは、アニエスとお腹の子に悪い影響が出ることだ。ひとまず宿の場所を移ろう。予定も早めに切り上げる」

「はい、安全第一ですね」

「念のため、ポールの警護も強化しよう。彼も身内だから狙われる可能性がある。あとは、帰る前にシンブレ子爵の説得だけはしておかないとね」

「リュークの就職の件、約束しましたものね」

聖女の文献は諦めるしかないだろうが、リュークの件は別だ。急いで帰るにしても、残していくことはできない。

ポルピスタンへ来て、最後の仕事だ。

研究熱心なリュークはきっとスートレナの力になってくれるはず。

(役人もいいけれど、学校の先生に採用するのもありね)

学校の設立に関しても、まだまだ希望はつきない。

翌日、私たちは昼過ぎにシンブレ子爵が宿泊している宿へお邪魔した。

マスルーノ国立学校付近には、他にも貴族が宿泊するような宿がある。彼もそういった宿の一つに宿泊していた。

昨日のうちに訪問する旨を連絡していたが、用件までは伝えていなかったため、私たちを出迎えた子爵はどこか困惑している様子。

（そりゃあそうよね、学校のこと以外、私たちには共通点がないもの）

そんな子爵に案内され、宿の一室にて話し合いの場を持つ。

「時間をとってもらってすまないね、シンブレ子爵」

「いいえ、とんでもありません。こちらこそ先日はありがとうございました。我が国の問題だというのに、ビッグホッパー退治にまで参加してくださるなんて。ありがたいやら申し訳ないやらで……」

ソファーに座ったシンブレ子爵はガシガシと、すまなそうに頭をかいている。そんな彼を見てナゼル様は爽やかに答えた。

「困ったときはお互い様だよ、シンブレ子爵」

「いやあ、そう言っていただけると助かります。それはそうと、先日のフロレスクルス辺境伯は素晴らしい戦いぶりでしたなあ。特に最後の学校前での魔法は見事の一言に尽きる。あのような強力な魔法、見たことがありません！」

身を乗り出して興奮しているシンブレ子爵を見て、私は若干気まずくなる。

「……ははは。火事場の馬鹿力かな」

ナゼル様は笑って「絶対強化」の魔法を誤魔化した。

（うう、ごめんなさい。ナゼル様が魔獣に押されているのを見て、いても立ってもいられなかったの……）

挨拶もそこそこに、ナゼル様の話はここへ来た本題へと移る。

「今日来たのはシンブレ子爵にお願いしたいことがあったからなんだ。実は、リュークのことで」

ナゼル様は、リューク自身の希望と、彼をスートレナで引き取りたい旨をシンブレ子爵に説明した。

（あの子には可能性があるわ。ひとまず希望の道へ進ませてあげて欲しい……）

だが、シンブレ子爵は難しい表情を浮かべている。

「いや、しかしですな。我が家は代々騎士を輩出する家系でして。皆、そうやって武功を立てて生きているのです。リュークのやつは子供の頃からどうにも臆病でして、いくら訓練しても直りませんでしたが」

血が繋《つな》がっていようとも、性格による適正というものがある。

「男たる者、武功を立ててこそ一人前です。あのような軟弱者は騎士団で少しは揉《も》まれるべきだ」

「リュークにはそれが辛《つら》いようなんだ。アニエスの話によると、成績優秀な彼には研究員としての才能があるらしい。そして、今はスートレナで騎士以外の職に就くことを希望している」

ショックを受けた様子のシンブレ子爵は、勢いよくテーブルに手をついた。

「しかし、あいつの魔法、『大盾』はかなり強力な戦闘向きの魔法なのです！　望んで得られる才能ではない！」

たしかに、「大盾」の魔法は前面に出してさえいれば、そのままぶつかるだけで相手を吹っ飛ばせる。

事実、リュークはそうやって試験を突破していた。

「そんな恵まれた魔法を持っているのに、騎士になりたくないなどとふざけたことを。あいつは甘ったれておるだけだ」

シンブレ子爵の説得は難航しそうだ。そう思っていると、ナゼル様は至極真面目な表情でシンブレ子爵に反論した。

「私も騎士団にいたことがあるので、希少な魔法の有用性はわかるよ。しかしシンブレ子爵、あなたなら士気の低い味方の危険性も知っているはず。やる気のない騎士が一人でも交じっていれば、味方を……いや、組織そのものを危険にさらすことになる。現状、残念ながらあなたのご子息から、騎士団で働く意欲は全く感じられないんだ」

「それは……」

「仮に私が騎士団を任される身なら、彼は絶対に採用しない」

「ううむ……」

思い当たる節が多々あるのだろう。シンブレ子爵はわかりやすく苦い顔になった。

彼も息子のやる気のなさは重々承知している。

「リューク自身にとっても、中途半端に騎士団で活動することは命取りになる。ビッグホッパー退治のときですら、彼には危うさが感じられた」

「そ、それは……」

先ほどから同じ「それは……」という言葉を繰り返しているシンブレ子爵。

彼も本当は息子の性格が致命的に騎士に向かないことは理解していて、それでも今の自分の立場やリュークの恵まれた魔法の才能から、残念な事実を認めたくなかったのだ。

我が子に同じ道を歩んで欲しい、騎士団へ行く道なら自分が力になってやれるという親心だってあったかもしれない。

（でも……）

シンブレ子爵には申し訳ないけれど、やっぱりリュークは騎士団に就職しない方がいいと思う。

本人のためにも、周りのためにも。

就職の許可をもぎ取るまで、あと一押しかもしれない。

「もし、スートレナへ来たリューク自身が祖国の騎士団に入りたいと望んだときは、私は快く彼をポルピスタンへ送り出そうと思う。それでどうだろうか」

ナゼル様の提案に、シンブレ子爵は唸《うな》る。

私は静かに結果を見守った。

ポールにとって、リュークはいい友達だ。弟に、伝書鳩《でんしょばと》以外の友人ができたことが、私は本当に嬉《うれ》しかった。

勝手ながら、これからも彼が弟の傍《そば》にいてくれればと期待してしまう。

「シンブレ子爵、私からもどうかお願いします。リュークの力は騎士以外でも発揮できるはず。私が責任を持って彼の面倒を見ます。弟の大事な友人ですから」

「……ぬう」

説得は通じただろうか？　緊張しながら、私は子爵の言葉を待つ。

シンブレ子爵はちょっと過激なところはあるが、うちの両親のように話が通じない人ではない。保護者の同意なしに、リュークを連れ出すことはしたくなかった。

（お願い、許可を出して）

ややあって、シンブレ子爵はゆっくり立ち上がると、重々しく首を縦に振って答えた。

「わかりました。フロレスクルス辺境伯やアニエス夫人が、うちの愚息をそこまで必要としてくださるのなら、あなた方に一時リュークを預けます」

その言葉を聞き、私は顔を上げて微笑んだ。

「ありがとうございます、シンブレ子爵！」

これでリュークをスートレナの職員見習いとして受け入れることができる。きちんと子爵の同意を得られてよかった。

「ところで、あなた方は、再開される卒業試験までマスルーノ公爵領におられるのですか？」

「そのことですが。参加は難しいと思っております」

ビッグホッパーの出現で、卒業試験は延期になった。

(本来なら、残ってポールの卒業を見届けたいわ)

しかし、宿に怪しい人物がいたこともあって、あまりこちらに長居はできない。

(先に相手を捕まえてしまうという方法もあるにはあるけれど……危険な上に時間がかかってしまうのよね。今回は大所帯で来ていないもの)

他国なので、団体で来ても問題があるのだ。

ポルピスタンの有力者を必要以上に警戒させることがないよう、ほどほどの護衛と、ほどほどの使用人を連れて来る必要があった。

「そろそろ、領地でも業務が溜《た》まってきている頃だし、残念だけれど卒業試験の再開までこちらにいられそうにはないのです」

ナゼル様が言うと、子爵はさもありなんと目をつむる。

「やはり、お忙しいのですな。スートレナは広いですから」

「ええ、少し前に領地が増えてしまって、どうにも人手が足りない状況でして」

能力があるゆえに、ナゼル様は行き場のない領地の管理を任されてしまった。そのあたりについては、シンブレ子爵も情報を得ているみたいで、真剣な表情を浮かべて頷いている。

「ふむ、我が息子が何かの力になれればいいのですが……」

そう告げると、シンブレ子爵はゆっくりとソファーから立ち上がり頭を下げた。

「フロレスクルス辺境伯、アニエス夫人、どうかうちの愚息をよろしくお願いします」

厳しい言葉をかけていたものの、彼はリュークを大事に思っているのだ。それがまっすぐ伝わってきたので、私たちも気を引き締めその場で立ち上がり、子爵に視線を合わせた。

「はい、承りました。シンブレ子爵」

子爵とナゼル様が固い握手を交わす。私はほっと胸をなで下ろした。

「ありがとうございます、シンブレ子爵」

改めてお礼を言い、今後のリュークの待遇などをシンブレ子爵に説明する。彼はスートレナできっちり面倒を見るつもりだ。

こうして、リュークの就職に関しては、なんとか穏便に解決することができた。

シンブレ子爵の宿を出た私たちは、二人並んで自分たちの宿へ向かう。距離は近い。

「ふう、リュークの件を認めてもらえてよかった。これで堂々と報告できるわね。ナゼル様のおかげです」

ほっとしながら、私はナゼル様にお礼を言った。

「アニエスの誠意が通じたんだよ」

「私の……？」

たいしたことはできていないが、私の言葉が少しでも役に立ったのなら嬉しい。

ナゼル様を見上げると、彼の肩越しに夕暮れに向かう太陽が見えた。

「アニエス、人が多いから手を繋ごう」

時間が経《た》つにつれ、街を歩く人の数が増えてきている。

夕飯前の買い物ラッシュが始まるようで、近くの市場の呼び込みの声にも熱が入っていた。

巻き込まれる前に、さっさと帰るのが正解だろう。

「はい。また迷子になっては大変ですからね」

差し出されたナゼル様の手を、私は迷いなく握った。温かな彼の手に触れると安心できる。

「ふふっ、そんなに強く握らなくても大丈夫だよ、アニエス」

「はっ！　わ、私、無意識のうちになんてことを！」

以前の迷子体験を思い出してか、ナゼル様の手をぎゅうぎゅうと必死に摑《つか》んでいたようだ。恥ずかしい。

「アニエス、顔が真っ赤だ」

指摘されると、ますますいたたまれなくなった私だが、ナゼル様は始終嬉しそうだった。

「あ、宿が見えてきましたよ」

「もう着いてしまうのか。今日ばかりはもう少し距離があったらいいのにと思ってしまうよ」

ナゼル様は少し残念そうだ。

「これ以上長居すると、また人が増えてしまいますよ」

でも、気持ちは私も同じだ。

「それがなければ……『もう少し宿が遠かったら』とは思いますけど」

正直な気持ちを告げてナゼル様を見上げる。彼の頬はわずかに赤みを帯びていた。

「ああ、アニエスはなんて可愛いんだ。連れ去りたい！」

往来でナゼル様はぎゅうぎゅう私に抱きつく。びっくりした私は、慌てて彼を宥《なだ》めた。

「ナゼル様、同じ場所に帰るのに連れ去るも何もないでしょう。落ち着いてください！」

わちゃわちゃと、二人でもつれ合いながら宿へ戻る。

中へ入ると、責任者が私たちを出迎えてくれた。

「おかえりなさいませ。フロレスクルス辺境伯、アニエス夫人」

「ああ、ただいま」

私を放さないまま、ナゼル様が宿の責任者に挨拶する。とても恥ずかしいが、宿の人たちはまったく動じていないように見えた。

「あの、フロレスクルス辺境伯。マスルーノ公爵様が奥の部屋にお見えなのですが……」

「公爵が？」

高い身分であるにもかかわらず、この国の人たちはフットワークが軽い。

「なんの用だろう」

「またビッグホッパーが出た、とかですかね？」

ナゼル様と二人、公爵に会うために奥の客室へと向かう。

「使者を出せば済むのに、他に用件があるのかな」

「おそらくは……」

案内された先で扉を開けると、マスルーノ公爵が機嫌良さそうな笑顔で私たちを出迎えた。

「いや、すまないね、急に押しかけて」

マスルーノ公爵は取り出したハンカチで汗を拭いている。汗かきなのか、ちょっと暑そうだ。

「ビッグホッパー退治のあとの経過を話さなければいけないと思って」

使者を出してくれれば十分だが、マスルーノ公爵は自分で動きたい人みたいだ。

「甥《おい》のバレンが忙しく動き回ってくれたおかげで、先ほど大量のビッグホッパーは全部焼却処理されたよ。生きていないものに関しては魔力も出ないからね。焼いても土を汚す心配はない」

生徒たちの体力も回復し、理事長の手伝いに回っているそうだ。

「ビッグホッパーはまだちらほら生きているけれど、今見られる個体は黒くなく、いつもの緑色のものばかりらしい。研究室によると、個体数が減った今、放っておいても問題ないそうだ」

公爵の話を聞き、ナゼル様は頷いた。

「それはよかったです。被害があった地区は、それどころではなく大変でしょうけれど」

「君たちの協力もあって、被害地区はかなり少なくて済んだ。住民の生活に関しては、これから保証をしていく。この地の領主として礼を言うよ」

事件が収拾し、私もナゼル様もほっとする。

「ところで、君たちについて少し興味深い話を小耳に挟んでね」

「興味深い話、ですか？」

私とナゼル様はなんのことかと首を傾《かし》げる。とんと心当たりがない。

「アニエス夫人は変わった魔法の持ち主だそうじゃないか」

「……!?」

私は動揺を表に出さないようこらえた。ナゼル様も一緒だ。

（どうしてマスルーノ公爵がそのことを知っているの？　いいえ、焦るのはまだ早いわ。バレン様には表向きの魔法を教えたから、『物質強化』について聞いただけかも）

余計なことを口走らないよう、私は注意深く公爵を見る。

「花屋にいた女性を覚えているかな。彼女の魔法が中級の『鑑定』なんだ。ポルピスタンでは『鑑定』の魔法持ちでも神殿に行く必要はなく、ああやって普通に暮らしていたりするんだよ」

「はあ……」

「それで、困ったことに、ナゼルバートとアニエス夫人の魔法を勝手に見てしまったらしい」

「いや、でも、私の魔法はただの『物質強化』です」

怪しまれないよう、平常心を心がけて私は公爵に反論する。

「そんなはずはない。ナゼルバート君は『植生』、アニエス夫人は『特殊強化』だと彼女は言っていた」

「えっ……」

初めて聞く魔法名に私は瞬《まばた》きする。

私の魔法は「絶対強化」だが、中級の鑑定魔法ではそれが「特殊」としか表示されないらしい。

（ということは？）

昔、私にあやふやな「鑑定」を下したおじいちゃん神官も、なんだかよくわからない状態だったのかもしれない。それで、適当な診断を下した可能性大だ。

中級の鑑定魔法で「特殊強化」との判定が下るということは、初級鑑定魔法を持つ神官ならもっとわかりづらいに違いない。

「詳細は上級の鑑定を持つ者でないとわからないが、この『特殊』という単語がついている魔法はとても希少なものなのだ。それこそ、聖女が使う魔法のようにね」

「はい？」

混乱していると、それを見たナゼル様が間髪を容《い》れず口を挟む。

「勝手に私の妻について探られて不愉快です。他人の魔法を勝手に『鑑定』するのはマナー違反では？」

「いやでも、彼女も悪気があったわけではないだろうし。一度、アニエス夫人を上級鑑定士に見せてみては……」

「妻の魔法については既にきちんと上級の鑑定能力を持った神官に見てもらい把握済みです。

ちょっと力が強めの『物質強化』というだけですよ。特に問題はありませんのでお気遣いなく」

しかし、マスルーノ公爵は退《ひ》かない。

「卒業試験の日に学校内でビッグホッパー退治に関する不思議な噂《うわさ》を聞きましてね。生徒たちの怪我が軽いばかりか、体当たりされたのに魔獣の方が吹っ飛んで負傷するといった、不思議なことが起こっていたらしいのですよ」

(ひええ、バレてる〜!)

そんな不確かな情報から私の魔法にたどり着くなんて、マスルーノ公爵は鋭い人だ。

「そこで、アニエス夫人に折り入って頼みたいことが……」

「お断りします」

ナゼル様がすかさず言葉を被《かぶ》せた。

「もうデズニム国へ帰る予定でしたし、アニエスもこの通りの体なので無理はさせられません。そうでなくてもビッグホッパーの件で、かなり大変な目に遭わせてしまいましたから」

「それは……申し訳ない。学校側の責任だ」

「特殊な魔法に興味がおありなら、センプリ修道院のロビンに奉仕活動をさせます。あいつに外出許可は出せないので来ていただく形にはなりますが。それくらいなら許可が下りるでしょう」

かなり因縁があるため、ナゼル様はロビン様に関してのコメントが辛口だ。

「ロビン殿の魔法もまた興味深い。風の噂では聖女のような力だと聞き及んでいるよ」

彼の魔法は隣国まで知れ渡っているらしい。元王妃やミーア王女たちが、自分たちの正当性を知らしめるため拡散していたそうだが、国外にも広がっていたようだ。

「そうですね、巷《ちまた》で噂される聖女の魔法に近いのかもしれません。ロビンの魔法は威力こそ弱いですが、奴は人の弱みにつけ込んだり、他人の心の隙間に入り込んだりするのが上手《うま》いので厄介なんです。弱った人々が望むような甘い言葉で人々を、特に女性を虜《とりこ》にしていく。そんなロビンと彼の魔法は怖いほどに相性がいい。閉じ込めておかないと危ない男ですよ」

マスルーノ公爵は「ふむ」と頷き、「危険だが使えるものは……」などと思案顔になる。

「それでも、私はかつてポルピスタンにいた聖女の力に縋《すが》りたい。それでポルピスタンが救われるのであれば。とはいえ、場所がここから遠いセンプリ修道院では会いに行くのが難しいな」

罪人の送り込み先の修道院なので、センプリ修道院は利便性が悪い場所にある。

「アニエスの魔法は物質を固く強化するだけですよ。ポルピスタンにいた聖女の魔法がどんな種類かはわかりませんが、ぜんぜん違うと思います」

「まあ、私も過去の文献を読んだだけだが、過去の聖女は怪我人をあっという間に回復させたり、巨大な結界を張ったり、毒を浄化できたらしい」

「結界……そうですか」

二人の話を聞き、私は考え込む。

おそらく、私の「絶対強化」の魔法とは違う種類だ。

私の魔法の場合、神官のエミリオに「三つ以上の魔法の融合」と言われている。「絶対〇〇」という名前がつく魔法は、使い手の「〇〇」に当たる部分の解釈次第で魔法の幅が広がるそうだ。

（でも、全部が「強化」に関連するものらしいから、結界を張るとか、そういった使い方はできない……はず）

ポルピスタンの聖女はきっと、私やロビン様と同じで複数の異なる魔法を持っていたのだろう。

（でも、私は聖女じゃない。魔法の種類が違っていて、ほっとしたわ）

そんなご立派な存在になってしまったらどうしようと思っていたのだ。

私には荷が重すぎる。

「それにしても、もう帰ってしまうんだね。ぜひ王や王太子にも会っていただきたかったのだけれど」

王はマスルーノ公爵の兄、王太子は甥に当たる。

「今回のポルピスタンへの訪問は、あくまでポールの学校生活を見に来るという個人的な目的でしたから。妊娠中のアニエスのこともありますし」

「そうか。残念だ」

そんなことを言っているものの、マスルーノ公爵は私の魔法について諦めていないように見えた。

「そういえば、君たちには芋苗の件でも世話になっているね。バレンが驚異的な早さで芋が収穫できたと話していたよ。あれらの芋は、ビッグホッパーの魔力によって蝕《むしば》まれた畑でも生えた。毒性もないみたいだ」

　ナゼル様は話が魔法からそれたので、会話を続ける気になったようだった。

「ビッグホッパーの件ですが、実はスートレナでも昔同じことがあったのではないかと考えています。当時の資料は何も残っておりませんが」

「君たちの暮らすスートレナのことは聞き及んでいるよ。君の言う通り、その可能性は多いにあるね。マスルーノ領からも近いし」

「スートレナの土壌がそのうち元に戻ればいいですが、魔力による汚染だとすればかなり尾を引くものです。いったい、いつから作物が生えない土地になってしまったのか」

「ここ何十年のうちに起こったということではなさそうだ。少なくとも百年以上前かな……まあ、うちも他人事《ひとごと》ではない。これからは不毛な土地を持つ者同士協力し合おう」

「ええ、そういう協力なら喜んで。ぜひ力にならせてください」

　マスルーノ公爵が目尻に皺《しわ》を寄せる。

「かつてのナゼルバート君は感情がなく、淡々と仕事をするイメージだったが、意外にとっつきやすい人柄なのだね」

　彼は私に関することと、その他に対するナゼル様の態度の落差を感じたようだ。

　ナゼル様はなんとも言えない顔になり、曖昧に微笑んだ。

「公爵には敵《かな》いません」

少しだけ、会話が穏やかなものに戻る。よかった……。

「ポルピスタンの人間は身内を何より大事にするんだ。ナゼルバート君のアニエス夫人への態度は好ましいよ」

私はまじまじと公爵を見る。

たしかに、バレン様はラトリーチェ様を心配していたし、兄妹《きょうだい》で仲良しみたいだった。

「ではまた機会を改めて話し合おう。なにやら物騒なことになっているみたいだしな。君ならすでに情報も摑んでいるだろうし、大切なアニエス夫人のことが心配だろう？」

物騒なことというのは……まさか、例の泥棒の件を指しているのだろうか。

私はマスルーノ公爵とナゼル様を代わる代わる観察した。

（あの泥棒はポルピスタン関係者なの？　公爵は何か知っているのかしら？）

ハラハラしながら様子を見守る。

「少し前から、ポルピスタン内部に、余所《よそ》からやってきた怪しい輩が複数うろつくようになってね。私としてもどうしたものかと思っていたんだよ」

「詳しい話をお聞きしても？」

ナゼル様がやや険しい表情を浮かべる。

「ああ、奴らはおそらくデズニム国から国境を越えて来た者たちだ。とはいえ今までは何か悪事に手を染めているわけではないから、建前上はポルピスタンの法律で攻撃はできなかった」

だから、マスルーノ公爵は部下に命じ、それとなく様子を探っていたらしい。

「しかし今回、奴らは初めて動きを見せた。さて、君たちからの正式な訴えがあれば、我々はすぐにでも、堂々とそいつらを捕まえることができるのだが？　どうするかね？」

私はナゼル様の言葉を思い出した。

私たちの宿にやってきたのは、デービア様の一件で捕縛を免れた残党たちかもしれない。

（ラルフ君の次は、ナゼル様を狙っているの？　逆恨みならいい加減にして欲しいわ）

デズニム国で好きにできないからと、国外で暗躍し機会を狙っていたのだろうか。

「ナゼル様、どうされますか」

もともと自国の犯罪者を他国で野放しにしておいて、そのまま帰るのには抵抗があった。

少し考えたあと、ナゼル様はマスルーノ公爵に告げる。

「マスルーノ公爵、あの者たちはデズニムの犯罪者です。捕縛に力を貸していただきたい。こちらも騎士を用意していますが、土地に明るいあなた方の協力があれば助かります」

正式な要請を受け、マスルーノ公爵はにやりと笑う。

「任せておきなさい。君たちは我が領地を救ってくれた盟友だ。喜んで力になろう。あと菊芋の取り引きよろしく」

最後に何かちゃっかり付け加えてきたマスルーノ公爵だが、菊芋の取り引きはこちらとしても収入が増えるのでありがたい。他国とのやりとりになるが、ベルトラン様やラトリーチェ様も許可を出してくれることだろう。

マスルーノ公爵はさっそくデービア様の事件の残党たちを捕らえる作戦を立て始める。

残党たちはまだこの街中にいる線が濃厚だ。

「念のため、アニエス夫人は私の屋敷へ避難して欲しい。ナゼルバート君の一番の弱みは君だ」

「ありがとうございます。わかりました、彼の足を引っ張るのは本意ではありません」

「心配しなくとも、屋敷には妻がいる。君の話し相手になってくれるはずだ。アニエス夫人のことを気に入っているからな」

ヌワイエ夫人とは前回も有意義な会話ができた。向こうが気に入ってくれているのは嬉しい。

「それでは、お言葉に甘えて」

私たちは公爵の提案を呑《の》むことにした。

❺ 芋くさ夫人と公爵夫人

翌日からナゼル様たちは残党の調査に行ってしまった。

マスルーノ公爵の屋敷にお世話になることに決まった私は、彼の妻と共に夫たちの帰りを待つこととなった。

ヌワイエ夫人は上品で話しやすい雰囲気の人で、ポルピスタンの人の気質らしく、ラトリーチェ様のようにサバサバしている。

私は朝から彼女と一緒に食事をしていた。

上質な材料で丁寧に味付けされた料理の載った皿は、ポルピスタンで咲く色とりどりの花で彩られている。客人をもてなすための料理だ。

「それでね、主人ったら庭にも芋を植えるなんて言い出したの。もしもの時に安心だからって」

異国の客人がもの珍しいらしく、ヌワイエ夫人は話に花を咲かせる。

「それはいいですね、うちも庭に芋を植えてます。騎獣たちも喜びますし、おすすめですよ」

「まあ、アニエス夫人のお住まいには畑が？」

「ええ、野菜も果樹も植わっているんです。今度、鶏も飼いたいなって。あとアヒルも……」

庭が広いため、まだまだスペースには余裕がある。

「それは素晴らしいですわね。でも、鶏、アヒル……あの泥棒猫を思い出しますわ」

「へっ……!?」

「いえ、なんでもありませんわ。ごめんなさいね」

「いえ……」

あの泥棒猫とは花屋の店員さんに違いない。あの花屋には鳥がたくさんいた。

（ヌワイエ夫人は、マスルーノ公爵一筋なのかしら。だとすれば、愛人がいるのをよく思わないわよね）

戸惑っていると、ヌワイエ夫人が唐突にびっくりする質問をしてきた。

「ねえ、アニエス夫人、アニエス夫人にはナゼルバート様の他に親しい男性はいないの？」

「えっ、もちろんいませんけど」

いただいたハーブティーを吹き出しそうになりながら、私ははっきり答えた。

「あらまあ、デズニムの人は、一人しか愛さないって本当なのね。羨ましいわ。ポルピスタンでは恋人の数が強さと甲斐性《かいしょう》の証《あかし》なのよね」

ヌワイエ夫人はポルピスタンの奔放な文化に反対の様子だ。

しばらくすると、侍従が昼食を運んできた。

「うふふ、アニエス夫人、今日はポルピスタン伝統料理でおもてなしするわね」

運ばれてきたのは南方のスパイスが香る料理の数々だ。

「わあ、いい香り」

私たちはさっそく食事を始めることにした。

「いただきます」

前菜として出てきた、赤く染まった肉と野菜を見つめる。

(色はパプリカの粉でつけているのかしら？　芋に応用できるかも……)

小さく切られた野菜を一つ口へ運ぶ。

「ん――――っ!?」

旨《うま》みとスパイスの香りが凄《すご》い……そして、辛い!!

どうやら赤い粉はパプリカではなく唐辛子みたいだ。私は慌てて水を飲む。

「ポルピスタン人は辛いものが好きなのよ。その様子だと、アニエス夫人は辛いものに慣れていないみたいね」

「はい、デズニムで辛いと言えば、これの半分くらいですから」

「食べ続けると癖になるわよ～？」

少量だったから食べられたものの、毎日これはちょっと厳しい。

「ラトリーチェがあなたを気に入るのもわかるわ。うちには息子しかいないし、もう二人とも独立してしまったけれど、アニエス夫人のような娘がいたら可愛《かわい》いでしょうねえ」

「む、娘……」

ヌワイエ夫人は一見、私くらいの子供がいる年齢の人より若く見える。

実際はラトリーチェ様の父君であるポルピスタンの国王陛下と、そう変わらない年齢らしい。

「次はこっちを食べてみて。これは辛くないから大丈夫」

出されたのは野菜とデーツという果物を乾燥させたものを和《あ》えた料理だった。

辛くないと聞き、私はいそいそと次の品を口へ運ぶ。

「んっ、甘い……おいしい」

「お口に合ったようでよかったわ。デーツは砂漠と通常の土地の境目で育てられているの。もう一つのお皿にはクジャクサボテンの実があるわ」

「クジャク？」

「デズニムだとドラゴンフルーツと呼ばれているかしら。こっちは北部で育つのよ」

以前ナゼル様が買った苗の中に、ドラゴンフルーツもあったような気がする。

「ラトリーチェ様から聞いたことがあります。ポルピスタン産の果物で、彼女が嫁いできてから市場に流れるようになったと」

でも高級品なので、購入するのは王都の貴族が中心だ。

「サボテン系なら薬にもなるアロエや、お酒になるリュウゼツラン、実を食べるウチワサボテンなどもあるわ」

「へえ、面白いです。私は芋が好きですが、サボテンも奥が深いのですね」

「サボテンは本来なら砂漠で育つはずだけれど、うちの国では北部や中部でしか育てられない。あの砂漠にはきっと、ほとんどの植物が生えないのね」

私は顔を上げてヌワイエ夫人を見た。

「ビッグホッパーの被害については、夫や甥《おい》のバレンから聞いたわ。砂漠なのにサボテンが育たないのもきっとそのせい。だからね、アニエス夫人たちが改良品種の菊芋をバレンに渡してくれて本当にありがたく思っているの」

「改良したのも、受け渡ししたのもナゼル様です。ポルピスタンの作物が生えない土地で育つか心配でしたが、うまくいってよかったです」

「バレンはとても乗り気だったわよ。収穫しては植えてを繰り返し、芋自体の数をどんどん増やしているわ。それにしても、あなたとフロレスクルス辺境伯は仲良しなのねえ」

「えへへ……」

今の会話から夫人は何かを感じ取ったみたいだ。

「あなたたちが羨ましいわ。ポルピスタンの男は……いえ、女もね、浮気性が多いから」

「ヌワイエ夫人は浮気性ではないように見えますが」

「そうね、悔しいけれどあの人一筋よ。だからこそ、軽薄な行動を腹立たしいと思ってしまうときもあるわ。いつかギャフンと言わせてやりたいわねえ」

夫人から言わされる「ギャフン」は強力そうである。彼女はにんまりと微笑《ほほえ》んだ。

※

ナゼルバートはマスルーノ公爵と共に街の調査に乗り出していた。

予《あらかじ》め互いの部下たちに怪しい人物をピックアップしてもらい、その情報をもとに調べている。

マスルーノ公爵も真剣に動いてくれていると思いきや、彼はいきなりとんでもないことを言い出した。

「それで、ナゼルバート君。君には愛人はいないのかね？　アニエス夫人も魅力的な女性だが、一人の女性で満足していては男が廃《すた》るというものだろう」

「いいえ、デズニムでは普通ですよ。うちの国でも、愛人を囲っている貴族がいないわけではないですが……」

頭の中をかつて捕縛したルブータ元神官長の残像が駆け抜けていった。

たしか、彼には十人くらい愛人がいたはずだ。もっとも相思相愛ではなく、無理矢理手に入れた令嬢たちばかりだったが。

マスルーノの常識では、貴族に愛人がいるのは当たり前であり、悪気はないのだろう。

むしろ若輩のナゼルバートによかれと思いそう言ってくれているのはわかる。わかるが、納得できるかどうかは別だ。そして、何気にアニエスに目をつけているのは許しがたい。

「私はアニエス以外の女性には興味がないのです」

「いやあ、勿体《もったい》ない。別の女性との恋愛もいいもんだよ。ま、無理強いはしないけど」

早めに引き下がってくれてよかったと、ナゼルバートはほっとする。

ポルピスタンの人々は友好的で接しやすいが、こういう文化だけは苦手に感じてしまう。

「さてと、今まで回ってきたエリアには、デズニムの関係者はいなかったようだが……感づいて逃げたか？」

かなりの場所を確認したが収穫はなく、とうとうマスルーノ公爵の屋敷の近くまで戻ってきてしまった。

「そう気を落とすな、ナゼルバート君。私や君の魔法に怯《おび》えて、悪人どもも出てこられないのかもしれないな。おとりを使えば釣れるかもしれないが」

彼の言いたいことを察したナゼルバートは眉をつり上げる。

「まさかアニエスに『攫《さら》われろ』とでも言うわけではありませんよね？　絶対に却下です」

ナゼルバートは、愛する妻をおとりに使う気などなかった。さらに、今の彼女は身重なのだ。断固拒否する心づもりである。

その上、マスルーノ公爵には悪いが、彼を完全に信用してもいない。それぞれの国にはそれぞれの思惑があるものだ。

「言うと思ったよ。でも、それが使えないとなると……」

マスルーノ公爵が唸《うな》ったところで、別の方向から声が飛んだ。

「僕がっ、おとり役をやりますっ！」

見ると、私服姿のポールが友人のリュークと並んでナゼルバートたちの近くに立っていた。

「ポール……？　どうしたんだい？」

「ちょうど義兄上《あにうえ》をお見かけして声を掛けようと思ったのです。そしたら、おとりの話が聞こえてしまって。あの、姉のことですよね。だったら、僕が代わりになれないでしょうか」

ナゼルバートは目を見開いた。

「気持ちは嬉《うれ》しいけど、ちょっと無理があるんじゃないかな。君は女性ではないし」

「そんなことはありません！」

ポールは首を横に振り、スッと眼鏡を外す。すると、そこには……。

アニエスそっくりの愛らしい顔があった。

「おおっ、コレはいける、いけるぞっ！　アニエス夫人のような、癒やされる可愛さだ」

聞き捨てならない言葉が聞こえた。

（マスルーノ公爵、やはりアニエスに目をつけていたか……油断のならない人だ。万が一にでもアニエスに手を出さないように見張っておかなければ）

ナゼルバートはじっとりと隣に立つマスルーノ公爵を睨《にら》む。公爵は気まずげに、ゴホンと咳払《せきばら》いした。

「うむ。アニエス夫人は妊婦だからゆったりした服を着ている。ポール君の筋肉は服で隠せるだろう」

「ありがとうございます、閣下！」

あれよあれよという間に、ポールと公爵の間で話が進んでいく。

「ちょっと待ってください、マスルーノ公爵。ポールはまだ十四歳の生徒です。おとり捜査なんて危険なことはさせられません！　それに、敵も引っかからないかもしれない」

「引っかからなくても、ダメ元というやつだね。引っかかればよし、駄目なら引き続き調べるまでさ」

強引な彼の言葉に、ナゼルバートは不信感を覚え始めた。

だが、ポールは役に立てることが嬉しいようで、キラキラと目を輝かせるばかりだ。

「僕はマスルーノ国立学校の生徒ですから大丈夫！　もうすぐ卒業を控えていますし、一人前の男としてお役に立てます！」

「駄目だよ、ポール」

「義兄上、まずは僕の女装を見て判断していただきたい。姉上になれるか否か！」

「えっ……」

自信満々のポールの顔を見て、ナゼルバートは言葉に詰まる。

すると、横からリュークがそっと解説を挟んだ。

「あの、ポールの女装なのですが、マスルーノ国立学校の同級生の間でも美人だと評判なんです。アニエス夫人の手前、見学のときは誰も何も言いませんでしたけど……まあ、男子校ですから、女子に憧れる奴《やつ》は多いんですよね」

けしからんことを聞いてしまった。

「僕だって、やってもらってばかりじゃ嫌なんです！　ようやく役に立てそうな機会が来たのに、黙って引き下がるわけにはいかない！」

「よく言ったぞ、さすがはポール君。マスルーノ国立学校創始者として誇らしく思う！」

マスルーノ公爵は引く気はない様子。ナゼルバートは頭が痛くなってきた。

こういう、心配するより先に動けという発想は同国出身の王妃ラトリーチェにも通ずる。ルブータのときや、デービアのとき、彼女は今まで無謀な行動を何度も取ってきた。

「とにかく公爵は黙ってください」

アニエスの弟に無茶はさせたくない。

彼は少し前まで箱入り育ちだったので、たくましくなったところで王妃と同じ真似《まね》ができるとは思えない。

「いや、私はいいと思うぞ。ポール君が安全なようにサポートを整えればいいだけだ。ナゼルバート君、君のところの騎士たちもそうだろうけれど、私の部下たちも優秀なんだ。頼ってくれたまえ！」

勝手に話をまとめたマスルーノ公爵はポールを連れて屋敷に戻ってしまう。ナゼルバートも慌てて彼らのあとを追った。

マスルーノ伯爵は玄関を抜け、公爵夫人がいるであろうダイニングへと向かう。

すると、そこには驚きの光景が広がっていた。

ダイニング一面を使って、アニエスと公爵夫人が芋料理を作っている。

（アニエスのエプロン姿は可愛いね……じゃなくて、何があった!?）

二人は仲よさそうに並んで、薄くスライスして揚げた菊芋に味付けを施している。

大きなテーブルの上には、使用人たちが用意したのであろう、数々の調味料が並んでいた。

「ヌワイエ夫人、唐辛子をかけすぎですよ」

「うふふ、極限まで辛くしたら美味《おい》しいと思うの」

「ひえっ」

「そういうアニエス夫人は、どんな味を試しているの？」

「バターとニンニク、塩胡椒《こしょう》です。ニンニクまみれです」

「お酒に合いそうだわ」

彼女たちは既に何作か作っているようで、完成した菊芋料理が皿に載っている。

仲良く料理する二人は、帰ってきたナゼルバートたちに気づいて顔を上げた。

「あ、ナゼル様。調査、お疲れ様です」

「ただいま、アニエス。楽しそうなことをしているね」

「芋チップスの話をしたら、ヌワイエ夫人が乗ってくださって。一緒にお料理していたんです。とはいえ、芋を揚げるのは公爵家の料理人がやってくれたので、私たちは最後に味付けをするだけでしたけど。よかったら、味見します？」

「少しもらおうかな」

ナゼルバートは手近な芋チップスをつまんで口へ運ぶ。チーズとハーブの味がした。

「おっ、いいね。私ももらおう」

身を乗り出したマスルーノ公爵も芋チップスを手に取って口に放り込む。やたらと黒い芋チップスだ。

「ぬおっ、か、辛い！」

「おほほ、あなた、それは黒胡椒を効かせた一品なのよ」

どうやら公爵夫人の作品だったみたいだ。彼女の作った芋チップスは真っ赤だったり、真っ黒だったり、尋常ではない色をしていて危険な香りがする。

「いやあ、なかなか刺激的な料理だった」

ポールとリュークは部屋の隅にいて、興味津々な表情で芋チップスを見つめている。

「二人もおいで」

呼ばれると、ポールとリュークは嬉しそうにテーブルに駆け寄ってきた。

「あら、ポールにリュークじゃないの。あ、ヌワイエ夫人、こっちが弟のポールで、隣が友人のリュークです。二人ともマスルーノ国立学校の生徒なんですよ」

ポールとリュークは揃《そろ》って公爵夫人に挨拶した。

「あらあら、可愛いわね。よかったら芋チップスを食べて感想を聞かせてちょうだい」

二人は喜んで芋チップスに手を伸ばす。しかし、赤と黒の辛そうな物体は避けていた。

「ニンニクがたまりません！」

ポールはアニエス作のニンニク味ばかり食べている。リュークは甘い味付けを気に入ったようだ。

ちなみに、ナゼルバートはシンプルに塩味が好きである。

賑《にぎ》やかな試食会を終えたあと、ポールたちはアニエスに用意された公爵家の部屋に移動する。

公爵邸で与えられたのは、妊婦のアニエスに配慮したのか一階にある客室だった。

部屋に入ると、ポールは突然アニエスに声をかける。

「あ、あの、姉上の服をかしてくださいませんか」

「いいけど、どうして？　知り合いに妊婦さんでもいるの？」

「いいえ、違います！　僕は……もぐっ!?」

ナゼルバートは素早くポールの口を塞ぐ。彼の作戦を告げれば、アニエスが要らぬ心労を抱えてしまうからだ。

しかし、その間にアニエスが奥から着るものを持ってきてしまった。普段着用のマタニティドレスである。

「ポール、これでよければ貸すけど。サイズは合うかしら？」

マタニティドレスを見たポールは身をよじり、ナゼルバートの手から逃れようとする。

「むがっ！　あ、ありがとうございます、姉上。借ります！」

言うやいなや、ポールはナゼルバートに抱えられたままの体勢で、器用にぬるりと服を脱ぎ始めた。

「きゃあっ!?　ポォォール!?　こんな場所で脱いじゃ駄目よ！」

アニエスが慌てて顔を覆う。

貴族の間では姉弟とはいえ、異性の着替える姿を見ることはないのだ。

「すみません、姉上、ここで着替えさせてください！」

着替えるも何も、もう既にポールは下着姿である。

「ええっ、もしかしてあなたがドレスを着るの!?　どういうこと!?」

「僕は、姉上になれるっ!!」

わけのわからない状態のアニエスと、とにかくアニエスに化けたいポール。二人はすれ違っていた。

騒ぎを聞きつけて、奥からケリーも出てくる。

弟たちに囲まれて育ったらしいケリーは、ポールの生着替えにも全く動じない。

「一体何事でしょうか」

救いが来たとばかりに、アニエスがケリーに惨状を訴える。

「ケリー、ポールが私のマタニティドレスを着て、私になるって言い出したの……！」

おとり捜査について知らないアニエスは、ポールが女装したいだけだと考えているようだ。

「まあ、そんな、そんな……」

話を聞いたケリーも狼狽《うろた》えていると思ったら、彼女はドレスを被《かぶ》ったポールの腕を引き、眉をつり上げる。

「衣装を身に纏《まと》っただけで女装？　アニエス様になる!?　冗談もほどほどにしてくださいませ。そんなぬるい変装は許せません」

ケリーはポールの眼鏡を取り、まじまじと彼の顔を確認した。

みるみるうちに、ポールの顔が真っ赤になる。彼はずっとケリーに片思いしているのだ。

「ふむ、なるほど。それならポール様、私が完璧な淑女に仕上げてご覧に入れます」

「ケリー!?」

ポールはケリーの職人魂に火をつけてしまったらしい。ややこしいことになった。

「ポール様、こちらへ……私があなたを極限までアニエス様に近づけて見せましょう」

頬を染めたポールは、キラキラした眼差《まなざ》しでケリーを見る。

「うう、ケリーさん。なんて優しいんだっ……！」

ケリーは親切心だけで変装を引き受けているわけではないと思う。アニエスの弟であるポールは、彼女にとっていい実験素材だったようだ。

「うふふ、うふふ……これは、もしかするともしかするやも」

ポールの女装を反対し、大変やる気の彼女に水を差すことはできるが、そうなると自分が反対する理由を言わなければならない。つまり、アニエスにおとり捜査の件がばれる。

気の優しい彼女は弟が危険な目に遭うのを嫌がるだろう。自分がおとりになると言い出すに違いない。

だが、そんなことは絶対にさせられない。させたくない。

（ポールは筋肉もあるし、いくらケリーの腕でも限界はあるだろう。本人もいざ女装してみれば、無謀だったと気づくはずだ。ちょっとずるいけど、ここは成り行きに任せるべきで……）

しかし、ナゼルバートの期待は、ポールの素材とケリーの腕前によって見事に裏切られた。

ケリーにドレスを着せられ、化粧を施され、カツラを着けられて着飾ったポールは、ちゃんと美しい女性に見えるようになったのである。

緩やかなウエーブを描く銀髪に、お腹《なか》に詰め物が入れられたマタニティドレス。平らで安全な靴と品のあるアクセサリー。自然に見える化粧。

もともとの顔がアニエスと似ていることもあり、遠くから見ると「ちょっと大きなアニエス」で通ってしまう。アニエスの顔を知らない者ならきっと、騙《だま》されるだろう。

（ケリー、こんなところでまで、優秀さを発揮しなくても）

あれこれケリーに手伝ってもらったポールは、よほど二人きりになれたのが嬉しかったのか、だらしなく頬を緩ませている。

「ありがとうございます、ケリーさん！」

「いいえ、私も存分に楽しませていただきましたから。男性は顔の輪郭が女性と異なるため、顔周りの線が隠れるような髪型にしてみました。ちゃんと女性に見えますよ」

誇らしげなケリーからは、仕事をやりきったオーラが出ていた。

「ポール。あなた、女装がしたかったの？」

「はい！」

アニエスは瞬《まばた》きを繰り返し、ただ困惑している。

「もしかして、ずっと女性になりたかったとか、そういうことなの？　今まで気がつかなくてごめんなさいね。ポール、私はあなたの味方よ。どんなあなたでも受け入れる。女性用のドレスだって、これからはたくさん用意するわ」

「ちょ、あの、姉上、何か勘違いしていませんか？」

すれ違い続ける会話に、ナゼルバートは罪悪感を覚えてきた。

「だって、あなた、女性になりたいのでしょう？」

彼女が告げると、ポールはあからさまに狼狽える。

「違います。僕は今、男である我が身に満足しています……ではなくて、僕は女装したいわけではなく、姉上に変装したいんです！」

「ますます意味がわからないわ。私なんかに変装して一体何になるというの!?　さっきから、ナゼル様の様子もおかしいし。ナゼル様、ポールの変装について、何か知っているのですか？」

じっとナゼルバートを見つめ、アニエスは問い詰めてくる。

「絶対に隠し事がありますね？　正直に話してください。黙っているようなら、ポールとリュークから聞き出しますよ？」

壁際で気配を消していたリュークは、自分の名前が出てハッとアニエスの方へ視線を走らせた。

仮にアニエスから質問されれば、リュークは答えてしまうだろう。

「意地悪なナゼル様とは、しばらく別の部屋で過ごすことにします」

「…………!?」

「キスもハグも駄目です。お触りもなしです」

「…………!?!?　待って、アニエス！　君に触れてはいけないなんてひどい。お願いだから、考え直して……！」

ポールとリュークが驚いた表情でこちらを見ている。

普段は冷静なナゼルバートの意外な姿を初目撃し、狼狽えているようだ。

「義兄上？　ご乱心!?」

「フロレスクルス辺境伯って、隙のないイメージだったけど」

二人はこちらを観察していたが、ケリーに「夫婦間のことですから」と、後ろを向くよう言われている。

しかし、今はなりふり構っていられない。

「アニエス、正直に話せば、さっきの宣言を取り消してくれるの？」

「何が起きているかわからないのは不安です。私だってナゼル様が心配なんですよ。前科があることを忘れないでくださいね。あなたが毒の刃《やいば》に倒れたとき、私は本当に肝が冷えて、とても怖かったんですから」

「ごめん、アニエス。それを言われると、俺は反論できなくなってしまうよ」

ナゼルバートは改めて決意した。

（リュークたちに話をさせるより、自分が告げた方がまだいい）

ナゼルバートはポールの女装について正直に説明をすることにした。アニエスもそれを感じ取り、聞く態勢に入る。

「実は、例の泥棒はデービアの事件の関係者であり、国外へ逃げた者たちらしい。そして、俺に報復する機会を狙っている。そのことを事前に知ったマスルーノ公爵は、『おとり作戦』で相手をおびき出すことを考えついたんだ。俺の弱みはアニエスだから」

だから、マスルーノ公爵はアニエスを釣り餌にし、犯人たちを一網打尽にしようと考えた。

「でも、俺はそれに賛同したくなかった。アニエスをおとりにするなんて、とんでもないことだし、今の君は一人の体じゃない。犯人たちの前に放り出せるわけがない。そこに、偶然通りかかったポールが話を聞いてアニエスに変装することを思いついた」

ナゼルバートは、腹部に負担が行かない体勢で、ひしっとアニエスを抱きしめる。

ケリーの言葉に従い後ろを向き続けるポールは、その体勢のままでナゼルバートの言葉に同意した。

「概《おおむ》ね、義兄上の言葉通りです。そして、僕も姉上をおとりにするのは反対です。その体ではいざというときに思い通りに行動できません。子供を産むまでは危ない真似をしないでください。僕だって、甥や姪《めい》の顔は見たい」

最後はなんだかもごもごと喋《しゃべ》っていて、聞き取りにくかった。照れているようだ。

「僕も、マスルーノ国立学校を卒業する身！　おとり役くらい、どうということはありません！」

しかし、アニエスは厳しい声で弟の意見に反対する。

「駄目よポール」

「そうですか。もともと姉上には反対されると思っていました。でも、僕は聞き入れませんよ。今なら姉上の魔法効果で僕の体と魔法は強靱《きょうじん》だ。危ない目には遭いにくいはずです」

ポールは私の魔法が体を強化できるものだと知っていた。

さらに先日の魔獣退治で魔法も強化できることも伝わっている。

「それなら、私だって自分に魔法をかけているから強靭な体なのよ?」

「ダメージを受けた際の、赤ん坊への影響が未知数なので却下です」

後ろを向いているものの、ポールの声からは真剣さが感じられた。

弟と子供、どちらも大事で危険な目に遭って欲しくないのだろう。葛藤しているアニエスに、ポールがたたみかける。

「今を逃せば、奴らはまた別の手で義兄上や姉上を襲うでしょう。ケリーさんやトッレさんも巻き込まれるかもしれない。危険人物たちを放置してはいけません」

「ポール……」

「何度でも言いますが、今の僕なら大丈夫。信じてください」

「で、でも、おとりは危険で……」

「マスルーノ公爵家と義兄上が騎士を動員してくださいます! どちらの騎士も優秀ですよね」

「たしかに、ナゼル様のもとで働く騎士は優秀な人しか残らないけど」

王配候補だったナゼルバートは騎士団に所属し、各地を回っていたこともあって諸々《もろもろ》熟知している。その上で、自ら育てた騎士たちには普通より強いし厳しい訓練を課していた。

「だから、姉上は何も心配せず、ここで事件の解決を待っていてください!」

アニエスは半信半疑でポールの言葉を聞いている。

「あ、あのっ！」

突如、別の場所から声が上がる。発言したのは、ポールの横に立つリュークだった。

「お、俺がポールをサポートします。いつも一緒に組んでいたし、いざというときは二人で協力します！」

リュークの積極的な発言に、ナゼルバートたちは驚いた。

彼はどちらかというと、荒事と距離を置きたいタイプだと思っていたからだ。

自分から提案した今も顔色が悪いし、声が震えている。

「俺だって、マスルーノ国立学校の生徒だ！」

ポールもまじまじと友人を見ている。

「リューク、無理をしなくていいですよ。これはデズニム国の問題なので、あなたまで巻き込まれる筋合いはありません」

「でも、俺の就職先はデズニム国のスートレナだ。フロレスクルス辺境伯は約束を守って、親父《おやじ》に話を通してくれた。だから今度は、俺が辺境伯を手伝いたいんだ。それにポールが危ない目に遭うのも嫌だ」

「リューク！」

「ポール！」

素晴らしい友情だ。二人の少年はどこかキラキラしていて、これが青春なのかと思わされる。

だが、アニエスは厳しい表情を崩さない。

「今回のおとり捜査は本当に危ないことなの。相手はナゼル様を平気で刺しちゃうような人たちなのよ?」

「でも、先ほども言ったように姉上の魔法がありますから」

「私の魔法は予め体への被害を防ぐよう、魔法で個人を強化するものだけれど、想定外の事態には対応できないの。例えば、この前だと切り傷は防げても毒は防げなかった。今は毒に対応できるよう魔法を変えているけど、他に新たな脅威があった場合にはどうすることもできない」

「そうなる前に、俺が『大盾』で防ぎます。『大盾』は魔力が続く間なら、一切のものを通さない魔法なんです。俺はポールが扮《ふん》するアニエス様の、侍女に変装します!」

リュークまで、女性の姿になると言い出した。これは大変だ。

早くもケリーがやる気に満ちた顔で、侍女の衣装を取りに行ってしまった。彼女は日頃から数々の衣装を取りそろえているようなのだ。

戻ってきたケリーは手に自分の着ているものとよく似た服を持っている。

「さあ、リューク様、こちらの侍女服をどうぞ。サイズはあとで調整いたします。お化粧もしなければ。私と似た髪色のウイッグもあったはず。あとはより女性に近づくため、お二人には脱毛していただいて……」

「脱毛!?」

ケリーの発言を聞き、先ほどまでやる気満々だったポールとリュークが狼狽え始めた。

しかし、火の付いたケリーを止められる者はもはやいない。

二人は真っ赤になりながら、変装をするためケリーに隣の部屋に連れて行かれてしまった。

アニエスはまだ反対の姿勢を崩さないが、このまま犯人を野放しにするリスクも理解しているようで、それ以上は何も言わなかった。

そうして数日後、いよいよポールとリュークの女装作戦が決行される日がやってくる。

※

ポールたちの女装作戦が決定したあと、ナゼル様は様々な場所へ出かけたりして忙しそうだった。

完璧主義なので、入念に準備していたに違いない。

マスルーノ公爵の屋敷には私たちや公爵夫妻の他に、朝から大勢の騎士の皆さんが来ていた。

彼らはナゼル様の部下と、そしてマスルーノ公爵が率いる騎士たちだ。

(ものものしいわね)

大事な任務を任されるポールは今、私そっくりに変装した姿だった。ケリーの力で、マタニティドレスも違和感なく着こなせている。

リュークも若干背が高いものの、ケリーに似た侍女風に仕上がっていた。

しかし、少年たちのテンションは低い。

「うう、肌がツルツルです。あんな場所やそんな場所の毛をたくさん剃《そ》られてしまいました。僕の目標はトッレさんのようなたくましい剛毛だったのに。でも、これも任務のためだ」

泣き言を言うポールに、リュークも続く。

「うう、女性の前で下着姿をさらしてしまった。もうお婿に行けない。ケリーさんに責任を取ってもらうしか……」

ぶつぶつ呟《つぶや》くポールとリュークは目に見えて沈んでいるが、そしてリュークの発言が若干気になるが、今はそれどころではない。

ケリーに思いを寄せる異性がまた一人増えたことに気がつかない私は、心配も露《あら》わに外出するメンバーを見送る。

私は再び、ヌワイエ夫人と一緒に留守番をすることになっていた。

また料理を作ろうと誘われている。

(今度は何料理がいいかしら)

うきうき悩む私の背中に、ナゼル様が片腕を回す。

「それじゃあアニエス、行ってくるよ。見送りのキスが欲しいな」

「なっ、ナゼル様!?　皆見てますけど」

「うん、そうだね。でも、デズニムの貴族の家では、妻が夫の無事を願ってキスするのは普通のことでしょう？」

「そうらしいですが……」

エバンテール家は特殊だったので、私は普通の夫婦のあり方についてよく知らない。でも、物知りなナゼル様が言っているから、そうなんだと思う。

ちらちらと周囲の様子を窺《うかが》い、皆の目が逸《そ》れた一瞬を狙ってナゼル様に口づけた。

「んっ」

ちゅっと彼の唇にキスをすると、ナゼル様のもう片方の腕も背中に回った。さっと離れるはずが、捕らえられてしまう。ナゼル様はそのままキスを続けた。

（ナゼル様、ちょっと長くないですか？　このままでは周りの皆に気づかれてしまいます！）

焦っていると、私の心配通り離れた場所でヌワイエ夫人の「まあ」という声が上がった。

「あなた、わたくしも見送りのキスをいたしますわ。デズニムの流儀に従って……」

どうやら、公爵夫人がマスルーノ公爵に声をかけたようだ。

「はっはっは、モテる男は困るなあ」

いろいろと無自覚なマスルーノ公爵が放つ不用意な発言に、ヌワイエ夫人の眉がピクリと動く。

（うわぁ……）

公爵夫妻の会話に聞き耳を立てていると、ナゼル様のキスが急に深くなった。

「……んむっ!?」

もう彼らの話に耳を傾ける余裕がない。

（ナゼル様――――！　ポールたちの前なのに。そんなねっとりしたキスは教育に悪いです！）

暴れるも、ナゼル様の腕は優しく私に絡みつくばかりだ。

しばらくして、ようやく彼の唇が離れ、私の身は解放された。ポールとリュークが顔を真っ赤にしながらこちらを向いている。

（やっぱり、見られてたぁっ！）

ケリーやトッレは離れた場所で待機しているため、彼らを回れ右させることができなかったのだ。

せめてもの意趣返しにと、私は満足そうに微笑むナゼル様に抗議の視線を送る。

「ナゼル様、キスが長過ぎです」

「ごめんね、アニエスがキスに集中してくれないからとても寂しくて、衝動を抑えられなくなってしまったんだ」

「うっ……またそんなことを言って」

彼を論破できる気がしない。

たしかに、私は公爵たちのやりとりに気を取られていた。しかし、だからといって、あんなことをしでかすナゼル様は大人げない。

だが、惚《ほ》れた弱みで心が揺らぎ、いつものように彼を許してしまう。

そっと横を見ると、公爵夫妻も口づけを終えたところだった。デズニム国出身の私の目には、二人の関係がとても不思議に映る。

「マスルーノ公爵閣下、そろそろ出発のお時間です」

部下の一人の言葉に、公爵は「おっと」と慌てた声を漏らし、ヌワイエ夫人に向けていた顔を上げた。

「すまないね、出かけるとしよう」

言うと、マスルーノ公爵は、再びヌワイエ夫人を見る。

「では行ってくるよ、マイハニー」

マスルーノ公爵は、笑顔で意気揚々と玄関を出て行った。

「ナゼル様、どうかお気をつけて。ポールたちをよろしくお願いします。強化は念入りに十倍くらいかけておきましたからね」

「十倍……うん、ありがとう。行ってくるね」

もう一度私を抱きしめてキスしたナゼル様は、ポールたちを連れて颯爽《さっそう》と目的地へと出かけていった。

「さ、て、と。ヌワイエ夫人、今日はなんの料理を作りますか？」

「ふふっ、今日も大量の芋を用意したわ」

きょとんとする私に構わず、公爵夫人は「こちらへ来て」と公爵家の庭を指し示す。

「あっ、その前にエプロンね」

一体何を作るつもりなのだろう。私は言われたとおりにエプロンを身につける。ケリーやトッレも一緒にエプロン姿になった。

公爵家の明るい室内にはいつもと違う素朴な雰囲気が漂っている。

「アニエス様、その緑のエプロン、よくお似合いですぞ」

「ありがとう、トッレ。あなたも似合っているわ」

着替え終わった私たちを、公爵夫人は庭の隅に連れて行く。すると、そこには意外な人物の姿があった。

「えっ、バレン様？」

薔薇《ばら》の生け垣の前に、ここにいるはずのない第二王子が佇《たたず》んでいる。しかも、彼もエプロン姿だ。

「一体何事？」

疑問符を浮かべる私に向かって、ヌワイエ夫人が小声で訴えた。

「アニエス夫人、今すぐここから脱出してちょうだい」

「へっ……？」

「ここは危険なの。だから、バレンと一緒に避難を」

「どういうことですか？　危険だというならヌワイエ夫人は……」

「わたくしは大丈夫。身の安全は保証できるわ」

彼女の意図が摑《つか》めず、不安げな私の手をバレン様が握る。

「失礼、アニエス夫人。時間がない」

バレン様がそう告げた瞬間、屋敷の方から「夫人はどこだ！」という男性の声が複数上がった。

「詳細は追って説明するよ。突然のことだったから、こんな対処しかできなくてごめん」

ひとまず、バレン様の言葉に頷《うなず》く。

「アニエス夫人、この荷馬車に乗ってちょうだい」

ヌワイエ夫人が指し示す方を見ると、大量の芋と人が三人余裕で乗れるくらいの大きな荷馬車が置かれており、二頭の天馬がうろうろしていた。

「これは一体……」

「荷馬車に乗って避難して。それなら身重のアニエス夫人も大丈夫でしょう。エプロンを着けた芋商人に見えるはず。念には念を入れてわたくしの魔法もかけておきましょう」

言うと、夫人は私たち全員に何かの魔法をかけた。

「アニエス夫人たちには、わたくしの『隠密《おんみつ》』の魔法を掛けたわ。この魔法を使うと、存在感が限りなく薄くなるの。直接声をかけたりしない限り、相手に気づかれることはないわ」

「そんな便利な魔法があるんですね……」

「ええ、でも効果は数刻が限度よ。さあ、これであなたたちは目立たない商人。どうか逃げ切ってちょうだいね。バレンに任せておけば大丈夫だと思うけど」

「ありがとうございます、ヌワイエ夫人」

「いってらっしゃい、アニエス夫人。貴族の妻たる者、いかなるときも勇敢でいなければ。わたくしは、あなたを心から応援しているの」

「はい、行ってきます！」

こうして気配の薄い「芋商人」に変装した私たちは、ひっそりと公爵邸を後にした。

御者台にはトッレが座り、二頭の天馬に指示を出す。ケリーと私とバレン様は芋と一緒に荷馬車に乗っていた。

ガタゴトと、ゆっくり荷馬車は進んでいく。

変装している上に、ヌワイエ夫人の魔法のおかげで私たちは目立たない。このまま何もせず逃げ切れてしまえそうだ。

魔法で存在感は薄くなっているが、行き交う人々はなんとなく私たちの気配を察知しているのか、荷車にぶつかってくることはなかった。ヌワイエ夫人は不思議な魔法を使う。

「アニエス夫人、大丈夫？　柔らかいクッションをたくさん敷いているけど、体に負担はないかな？」

「ありがとうございます、バレン様。今のところ快適ですよ。それで、どうしてこんなことになっているのか教えていただけますか？」

「ああ、ちょっと緊急事態が起こってしまってね。デズニムとポルピスタンの間に亀裂が入らないよう、叔母や僕が動いたってわけ」

バレン様の説明は抽象的でよくわからない。

「実はね、叔父のマスルーノ公爵が独断で君を狙っていたんだよ。今、うちの国とマイザーンの情勢が不穏なことは知っている？」

「はい、ヌワイエ夫人からお聞きしました」

「少し前から叔父はそのことでピリピリしていたんだ。ああ見えて、責任感はある人なんだよ。でも、使えるものは何でも使いたがる性質《たち》で、今回はアニエス夫人の魔法に目をつけたみたい。まったく、彼の愛人も余計なことをしてくれたよね」

「花屋の女性のことですよね。たしか、『鑑定』の魔法を持っているとか」

「そう。彼女は金銭的な支援を、叔父は専属の鑑定係を手に入れるという、どちらにとってもメリットのある関係らしいけど……今回の件はちょっと考えものだな。他国の女性を巻き込むなんて」

バレン様は大きなため息をつく。

「叔父上もどうかしているよ。『アニエス夫人は、かつての聖女の代わりにならないだろうか』ってね。昔から少し突っ走る傾向にある人だけど、今回はやらかしてくれたみたい。いくら自国を守るためでも、デズニム国を怒らせるのは悪手だ。マイザーンと挟み撃ちにされる可能性だってあるのに」

うん、ナゼル様が本気で怒ったら、そういうことも徹底的にやるかもしれない。なぜか想像できてしまった。

「……というわけで、俺は叔父の暴走を阻止しに来たの。ちなみに、ナゼルバートには予め伝えてあるよ。でも、叔父の行動が発覚したのが今日の早朝で、急な話になってしまった。君の挙動から逃走計画がバレてはいけないと、あえて事実は伏せていたんだ。ごめんね」

「いえ、たしかに諸々顔に出てしまうかもしれませんから……ところで、これからどこへ向かうのですか？」

「ナゼルバートに合流する予定だよ。叔母には叔父をとっちめてやってくれと言われているんだ」

「わかりました。芋を投げて援護します」

「頼もしいね。じゃあ僕は御者台に移動するから、何かあれば遠慮なく言ってね」

バレン様は嬉しそうに微笑んだ。

賑やかな色合いの建物が並ぶ、馬車一台がやっと通れるくらいの狭い路地は、ここで暮らす人々の生活感に溢《あふ》れていた。

荷馬車は路地を抜けてしばらく進むと徐々に速度を緩め、倉庫が軒を連ねる通りへ停止した。

先ほどまでと比べると人通りはぐっと減り、周辺は物音一つ聞こえない。

さらに細い路地を奥へ進むと、ひときわ古びた倉庫群が見えてくる。

「ナゼル様たちは、こんな場所にいるの？　心配だわ」

あたりを見回す私に向かって、ケリーが教えてくれる。

「ここは、倉庫街ですね」

先ほどまでの通りとは違い、寂れた感じのする光景だ。

「ナゼルバート様たちはいらっしゃいませんな。バレン殿下、場所に間違いはないのですな？」

トッレが倉庫が並ぶ通りを走って行ったり来たりしながら首をひねる。

「アニエス夫人、僕の天馬に乗って。空から様子を見てみよう」

「えっ……？　は、はい」

ポケットにいくつか芋を詰め込んだ私は、バレン様の操縦する天馬に同乗し、ふわりと空へ浮かび上がった。平らな倉庫の屋根がたくさん見える。

「わあ、マスルーノ公爵領の倉庫街って広いのね。スートレナの倉庫はこぢんまりとした小屋だから、こういうのは新鮮だわ」

トッレたちも天馬で後ろをついてきた。

「アニエス様、倉庫の中からアニエス様たちにそっくりな人物が出てきましたっ！」

見下ろすと、ちょうど真下にある倉庫から私とケリーのそっくりさんが現れたところだった。

（あれは、ポールとリュークだわ）

私たちや天馬にはヌワイエ夫人の魔法がかかっているため、彼らはこちらに気がついていない。

二人揃って、うろうろと倉庫と倉庫の間の細い通路を進んでいく。

（少し離れた場所に、騎士も待機しているわね）

　上からだと、いろいろとよく見えてしまう。

　ポールや騎士たちだけではなく、妙に髪を逆立てた怪しい人影までも……。

「あっちにも誰かいるわ」

「たしかに、おかしな動きの不審者だね。一グループ四人ほどで、ポールたちを囲むように、数手に別れて近づいてきている」

　後ろを飛んでいる天馬から身を乗り出し、ケリーが告げた。

「アニエス様、彼らからは強い悪意を感じます」

　彼女は魔法で相手の内心を暴いたようだ。

「やっぱり、私に変装したポールを狙っているのね。全員髪を逆立てているけど、何かの意思表示かしら」

「あの髪型はポルピスタン南部の若者の間で流行しているファッションで、モヒカンという髪型みたいですよ。以前に一度流行して、現在再ブームが来たみたいです。彼らはそれに便乗することで、ポルピスタン人に化けたつもりになっているのでしょう」

「さすが、ケリー！　物知りね！」

　年がら年中芋くさファッションだった私は、かなり流行に疎いので、ケリーがいてくれるととても助かる。

空から見える不審者たちは、慣れた動きで、どんどん包囲網を狭めていく。

ちょっと身なりが奇抜だが、よく訓練されていて統率の取れた動きだった。

騎士団はまだ動かないし、ナゼル様やマスルーノ公爵もいない。どうしたのだろう。

（ポールたちが危なくなったら、芋を投げて撃退してやるわ）

私たちが天馬に乗ったまま高度を下げるのと同時に、不審者たちも行動し始める。

そして、ついにポールたちと彼らが接触した。

話が聞こえる距離まで移動すると、すでに会話が始まっていた。不審者たちが仲間同士で声を掛け合っている。

「おい、こいつで合っているんだろうな。『芋くさ令嬢』とやらは」

「間違いない、妊婦だと聞いている」

「……なんか、妙に背がデカくねえか？」

成長したポールは今、私よりも身長が高い。ケリーの技術でゴツゴツした筋肉を隠し、女性らしく見せているが、さすがに背丈は縮められなかった。

（バレたらどうしましょう）

私はハラハラ心配しながら様子を見守る。

（お願い、乗り切って！）

すると、ポールが素早く言葉を挟んだ。やや怯えが混じった、それでいて強い口調だ。

「あなたたちはどこの誰ですか!?」

震え声のポールはとても演技が上手《うま》い。声も侍女役のリュークに身を寄せる姿も違和感がなかった。

(あの子、こんな才能があったのね)

本気で怯えているリュークの顔色が悪いが、今の状況の場合は彼の怯え具合が演技の信憑性《しんぴょうせい》を増すのに役に立っている。

「それは言えねえな。ともかく、一緒に来てもらうぜ。あんたに恨みはないが、上の命令なんだ。ナゼルバートたちと取り引きするための人質になってもらわねえと」

ポールは落ち着いた様子で、味方の騎士たちに合図を送った。

「皆さん、今です！」

彼の号令を聞き、物陰に潜んでいた騎士たちが一斉に飛び出す。

「うわぁぁぁ!?　何事だっ!?　くそ、そんなことをしてアニエス夫人がどうなってもいいのか」

しかし、肝心のポールが扮する私は、激しい張り手で悪人たちを攻撃している。

「げっ！　夫人、強っ!!」

現場は大混乱だった。

「あはは、さすがうちの学校の生徒だ」

バレン様は心なしか得意げだった。彼は教育者としての誇りを持っているのだろう。

あっという間に怪しい男たち――デービア様の事件の残党は、全員お縄についてしまった。

「ふう、これで一安心ですね。あとは義兄上に連絡を……」

その瞬間、騎士の半数が不思議な動きを取り出す。

彼らはポールやリュークを取り囲み、彼らの体を拘束した。

「なんの真似です？　こんなことをして、ただで済むと思っているのですか？」

ポールは冷静な態度を崩さない。

「申し訳ありませんポール様。あなたには、アニエス夫人と取り引きするための人質になっていただきます。あなたがいれば、アニエス夫人は我々の命令を聞かざるをえなくなる」

「お、お前たち！　デズニム内乱の犯人たちの仲間なのか!?」

震えながら、リュークは騎士たちに抗議する。

慌てる私にバレン様が耳打ちした。

「大丈夫。ポールやリュークもナゼルバートから事情を聞いているはずだ」

「二人とも事情は知っているのですね？　だとすると、かなりの演技派だわ」

残り半数の騎士たちは、ポールやリュークを助けようと剣を構えた。

暴れたポールは、自分を拘束していた騎士を振り払い、私の姿のまま空高く飛び上がる。

「うわあああああ！　味方は全員突撃――――！　あと義兄上、増援くださ――――い！」

よく響く彼の号令がかかると同時に、騎士の半分が彼を守るために動き出す。

そして残りの半分は、ポールの敵に回った。

(ナゼル様はどこなの?)

マスルーノ公爵の姿もないから、足止めを食っているのだろうか。

(とにかく、今はポールを助けなきゃ!)

私は味方を援護すべく、ポケットから取り出した強化済みの芋を構えた。荷馬車から拝借していたのだ。

「えーい! 不審者退散!」

上空から狙いを定めた芋は、不審者や彼らに味方する騎士たちに次々に命中する。

同じく芋を持ち出していたらしいケリーも、手にしたジャガイモを上空から投げ落とした。彼女の狙いは正確だ。

突然降ってきた謎の芋を見て、敵も味方も動揺している。現場はさらに大混乱に陥った。

しかし、私たちにはヌワイエ夫人の魔法がかかっているため、誰も気づくことができない。

「な、なんだ!? 空から固い芋が落ちてきたぞ!?」

「どこから!? 痛《いて》えっ!!」

私たちは容赦なく芋を投げ落とす。

そのうち、天馬から飛び降り、魔法で巨大化したトッレが荷車を持ち上げ、敵の頭上からザザーッと芋を振り落とした。ものすごい悲鳴が上がる。

（やっぱり、降り注ぐ芋の威力は別格よね）

しかし、誰も巨大化したトッレに気がつかない。公爵夫人の「隠密」はとても強力な魔法みたいだ。

「ぬははは！　芋に埋まれ、不審者どもよ！」

調子に乗ったトッレが不審者や敵側の騎士をつまみ上げては遠くへ放り投げる。すると……。

「あっ！　お前は!!」

つまみ上げられた一人がトッレを認識して声を上げた。

「問答無用っ」

その瞬間トッレは声を発した不審者を投げ飛ばす。「あ～」という、相手の叫び声が徐々に小さくなっていった。

そろそろ魔法が切れる頃らしく、他の者も皆トッレに気づいてしまった。

「誰だ、あいつは！　でかいぞ！」

「芋もあいつの仕業か！」

ポールはトッレをみて目を丸くしている。

「トッレさん！　助けに来てくださったんですか!?」

「ポール殿！　私が来たからには、もう大丈夫ですぞ！」

離れた場所では、リュークが悲鳴を上げながら魔法を展開し、数人を弾《はじ》き飛ばしていた。

瞬く間に、彼らは敵側の騎士を全員倒してしまう。

「先ほどの会話をお聞きになっていたかもしれませんが、トッレさん、姉上がマスルーノ公爵に狙われているのです」

「その話なら事前に伝えられたので、知っております！　アニエス様も大丈夫ですぞっ！　公爵邸を脱出されましたからな！」

「よかった。姉上は無事なのですね」

「して、ナゼルバート様はどちらですかな？」

「義兄上なら、今は倉庫の中でマスルーノ公爵と一緒だと思います。こちらを助けに来てくれる予定でしたが、足止めされているのかも」

「ぬうっ！」

ポールとトッレの会話を聞いていた私は、ナゼル様が心配になった。

「トッレ、ナゼル様を捜しましょう。マスルーノ公爵と一緒にいるなら、危険かもしれないわ」

私は上空から声をかける。

「はい。ナゼルバート様のことですから、大丈夫だとは思いますが。ポール殿、あの方とマスルーノ公爵のいる倉庫はどちらに？」

「向こうです……って、姉上!?　なんでここにいるんですか！」

魔法の効果が弱まったため、ポールも私を認識できるようになったみたいだ。

「ポール殿、アニエス様は公爵邸を脱出されたと言ったではないですか。私たちがここへ来られたのは公爵夫人の助力があってのこと。しかし、もし公爵夫人とマスルーノ公爵が手を組んでいたら、もっと厄介なことになっていたでしょうな」

ポールとリュークの案内のもと、私たちはナゼル様たちがいるという倉庫へ向かう。

私とバレン様、ケリーは上空から、ポールとリューク、「巨大化」の魔法が切れたトッレは地上から侵入する形だ。

目的の倉庫に近づくと、突如ドォォンと耳をつんざくような音が響き、とある建物の屋根を巨大な植物が突き破った。ナゼル様の魔法だ。

(よかった。ナゼル様は無事みたいね)

私たちは空から穴の開いた天井を覗《のぞ》いてナゼル様の居場所を確認した。

どうやらここは食料庫のようで、様々な野菜が中に散らばっている。先ほどの衝撃で棚から落ちたであろう野菜も多い。

もうもうと埃《ほこり》が舞う中で、植物の発生元を辿《たど》ると、そこにナゼル様が立っていた。怪我《けが》もない様子なのでほっとする。

彼と対峙《たいじ》しているのは、予想通りマスルーノ公爵だった。

「公爵、やっぱりあなたは私たちを罠《わな》に嵌《は》めるおつもりだったのですね。やり口がいささか強引すぎると思いましたよ」

そう言って、ナゼル様はまっすぐ前を睨む。

しかし、マスルーノ公爵はけろりとした顔で答えた。

「人聞きの悪いことを言わないで欲しいな、ナゼルバート君。私だって、君ときちんと交渉したかった。でも断られたのだから仕方がないだろう」

「私たちを狙う、デズニムからの逃亡犯を利用して、こんな悪辣な作戦を立てるなんて」

ナゼル様は大変怒っている。

「いやあ、勘違いしないで欲しいな。彼らはあとでちゃんと捕らえるつもりだったんだよ？」

「アニエスを狙って、何を企《たくら》んでいたのです？」

「我々は今、切実に聖女の力を欲している。聖女である可能性の高いアニエス夫人に、魔法でポルピスタンの防衛に協力して欲しかったんだ」

「なんて身勝手な。何度も申し上げた通り、アニエスは聖女ではありません。彼女の魔法は『物質強化』で、ものを強化するだけのものなんです。仮にアニエスが聖女だとすれば、今頃我が国が大騒ぎになっていますよ」

ナゼル様がそう訴えているのに、マスルーノ公爵は聞く耳を持たない。困った人だ。

「中級の『鑑定』では特殊な魔法の可能性が高いということだった。上級の鑑定で調べるくらいはいいだろう!?　結果を見てみたいんだよ」

「なぜ、そこまでアニエスにこだわるんです？」

「我が国のためだ。近頃隣国マイザーンが暗躍している。ポルピスタンが強くなれば、他国への防波堤になる。デズニムにいる君たちだって助かるはずだ。ここは手を組もうじゃないか！」

「このような強引な手段を用いるような方とは交渉したくありませんね。アニエスを利用するために、ポールまで狙うつもりだったのでしょう？　ストレナ、ひいてはデズニム国から報復される覚悟はおありで？」

私もナゼル様も、魔法について大事《おおごと》にはしたくない。

「絶対強化」の力が公になれば、国内だけでなく国外からも、私を利用しようと接触してくる人が現れる。

そういうのは、ストレナで平和に暮らしたい私たちにとっては、面倒でしかないのだ。

ようやく、ナゼル様を巻き込んだ諸々が集結したというのに、新たな問題で悩まされたくはない。

「残念ながら、既に手のものが屋敷へ向かっている。アニエス夫人は私の手のうちなんだよ。ナゼルバート君、諦めたまえ」

話を聞いて、私はそわそわした。

（私、ここにいますよー）

ナゼル様はマスルーノ公爵の言葉にさほど動じていない。私が公爵邸を脱出しているのを知っているからだ。

「マスルーノ公爵、あなたの思い通りにはならないよ。こちらにも味方はいる」

自分の騎士に周辺を守らせているマスルーノ公爵は、「困ったなあ、話を飲んでくれよ」と言って、冷たい美貌のナゼル様との距離を詰める。

「お断りです」

ナゼル様たちが睨み合っていると、ポールたちが地上から食料庫へ駆け込んでくるのが見えた。

「義兄上！　あなたが言っていたとおり、騎士の半分が裏切って僕を襲ってきました！　本当に姉上と取り引きするための人質にするつもりだったみたいです！」

「そのようだね。全部マスルーノ公爵の差し金だよ。足止めされていて、すぐに助けに迎えなくてすまない」

「大丈夫、僕らは無事です。それよりも、あ、姉上が……」

「アニエスがどうかした？」

「姉上が、芋を持って、ここへ突入してきています！」

「はあっ!?　いや、合流するつもりではあったけど、芋!?　また危ないことをしていたの!?」

今まで努めて平静を装っていたナゼル様の仮面が剝がれた。

「トッレさんとケリーさん、バレン殿下も一緒でした」

途中で魔法が解けたせいで、ポールは私たち全員の姿を見ることができていたらしい。

「どうしてそんなことに!?」

公爵夫人のおかげなのだが、ナゼル様は把握していなかった。

「それで、アニエスたちは今どこに？」

ナゼル様が問い返すのと同時に、乗っていた天馬が身じろぎする。

「きゃっ！」

驚いて声を上げたせいで、天馬に乗っている姿がナゼル様たちの目に入ってしまった。

「アニエス!?」

「えへへ……」

「……っ！　バレン殿下、こんな場所にアニエスを連れてくるなんて、何を考えているんですか！」

ナゼル様は素早く「植生」の魔法を発動して、残る敵の騎士を倒していく。凶悪な魔獣も真っ青な速さだ。

「えー、だって、待ち合わせ場所はここでしょう？」

「もっと安全な場所があるのに、どうして公爵の前に連れてくるんだと言っているんです！」

本気で怒っているナゼル様は、一瞬のうちに敵の騎士を片付けてしまった。敵の騎士たちは全員が床に伸びている。

「一体どうなっているんだ。アニエス夫人は我が家にいるのでは……？」

ヌワイエ夫人の行動はマスルーノ公爵も完全に想定外だったようだ。図らずも、彼女の言う「ギャフン」が実現してしまっている。

そこへ、バレン様が上空から声をかける。

「そこまでだよ、マスルーノ叔父上。いくら焦っているとはいえ、今回の件はちょっと性急すぎたんじゃないかな？」

バレン様と私は、ゆっくりと地上に降り立つ。

「アニエスは、ケリーと同乗する予定だったのでは？」

ナゼル様が抗議をするようにバレン様を見た。

（え、そうだったの!?）

私は天馬の上でおろおろと慌てる。

「いやあ、僕も厳《いか》つい護衛騎士の後ろに乗るより、アニエス夫人の後ろの方がよくて……」

「妻に必要以上に近づかないでいただきたい」

いろいろあったせいで、ナゼル様は機嫌が悪そうだ。でも私に向ける目は優しい。

「アニエス、黙っていてごめんね。今回はマスルーノ公爵に対して秘密裏に事を進める必要があったんだよ。彼はどうにも強引だったから何かあると思ったらこれだ」

ポルピスタンの人々は、そういった陰でのやりとりには向いていないのかもしれない。

天馬から降りたバレン様は、マスルーノ公爵へ近づいていく。

「とにかく叔父上、デズニムからの逃亡犯だけを捕まえる予定が、こんなに問題を大きくして。叔母上がご立腹だよ」

「うう……」

「何を勘違いしたのか知らないけど、アニエス夫人の魔法は『物質強化』だ。ほら……」

バレン様は以前私が強化した短剣を手に持ってひらひらとアピールして見せる。

ついでにその剣で近くの倉庫の壁をくり抜いた。

「壁も切れる、質の高い物質強化と言ったところだね。じゃ、そういうことで、不審者だけ捕まえて、マスルーノ公爵家へ帰ろう」

バレン様がこの場を仕切り始める。

すると、我に返ったナゼル様が私を庇《かば》うように支えて歩きだす。

「アニエスは俺と馬車に乗ろう。詳しい話は中で聞かせてね？」

（あ、あれ……？）

今、一瞬、彼から圧を感じたような。

（気のせい、かしら……？）

ケリーやトッレ、ポールやリュークも、それぞれ移動している。

私はナゼル様と変装したポールの乗ってきた馬車へと乗り込んだ。妊婦仕様の広い馬車だ。

ナゼル様は座るやいなや扉を閉めてしまう。すると静寂が訪れた。

「アニエス、さっきのはちょっとびっくりしたよ」

「ごめんなさい。ナゼル様のことが心配で」

「君は一人の体ではないんだし、無理はいけないよ。ストレスは妊婦や胎児にとってよくないから」

「ナゼル様、私なら大丈夫で……」

「それにバレン殿下と密着して騎獣に乗って欲しくなかった」

「あ……」

彼から仄《ほの》かに放たれる圧の意味を理解し、私はその場で固まる。

「い、いえ、あれは浮気などでは断じてなくですね？　非常事態で不可抗力で……焦ってバレン様と同じ天馬に乗ってきてしまっただけで」

「ほんと、どさくさに紛れてあの王子は何をやっているんだか。絶対に確信犯だ」

ナゼル様からの圧が増した。

（は、早く着いて〜）

到着してからも大変だろうけれど、とりあえず圧に晒《さら》されて私はいっぱいいっぱいだ。

「アニエス、驚きで心臓が止まりそうだった俺を安心させて？」

「へっ？」

意味がわからず問い返した私を、向かいの席から身を乗り出したナゼル様は優しく抱きしめ、首筋に顔を埋《うず》めた。

（ひゃあっ！　息がかかって、くすぐったい）

視線だけを移動させて窓の外を見ると、大きな太陽が地平線の向こうへ沈んでいくのが見える。

しばらくの間、私はバレン様に嫉妬したナゼル様に思う存分愛《め》でられる羽目になったのだった。

完全に夜が訪れた頃、馬車は無事にマスルーノ公爵の屋敷へ到着する。

ナゼル様が先に馬車から降りて私に手を差し出した。

「アニエス、手を」

「は、はい」

私を支えるナゼル様の手つきはどこまでも優しく、キュンとしてしまう。

続いて、馬に乗ったポールやマスルーノ公爵、バレン様たちも続々と屋敷の前へ集まってきた。

マスルーノ公爵はなぜか縄でぐるぐる巻きにされている。バレン様の仕業だろう。

同時に屋敷の扉が開き、中からヌワイエ夫人が、颯爽と歩み出てきた。

(よかった、夫人も無事だったのね)

目が合うと彼女は、「よくやった」とばかりに、バチンを片目をつむってみせる。

屋敷の中が荒らされていないかも心配だったが、見たところどこも壊された形跡はない。

「おかえりなさい。無事に収束できたようね」

ヌワイエ夫人の言葉にはバレン様が対応する。

「ええ、脱出準備を整えてくださった叔母上のおかげです」

「まったく、この人ってば、後先考えないで暴走するんだから。困った夫ね！」

ぐるぐるまきにされたマスルーノ公爵は、なにかフゴフゴ言っているが、口にも布を巻かれているため内容がわからない。

「あなたのおかげでデズニムとの関係が崩壊するところだったのよ!?　ちょっと聞いてるの!?」

「フゴゴッ!」

「ラトリーチェがなんのために嫁いだと思っているのよ!　向こうであの子がどうなってもいいわけ!?」

鋭く尖《とが》ったヌワイエ夫人の靴のヒールが、マスルーノ公爵を容赦なく踏みつける。

「ゴフッ!」

「あのね、あなたの言うように、隣国マイザーンは警戒しなければならない国よ。聖女の力だって、あるなら借りたいわ。でも、不確定な情報に踊らされ、こんな強引な真似をして、怒ったストーナが後ろから総攻撃をかけてくる可能性は考えなかった?　妻命のフロレスクルス辺境伯ならやりかねないわよ?　それにね、わたくしは女性を脅して従わせるなんて方法が大嫌いなの!」

「ゴフッ、ゴフッ!」

再び踏まれてピクピク動くマスルーノ公爵。

(あら、公爵……ちょっと嬉しそうな顔になってない?)

見てはいけないものを見てしまった。ヌワイエ夫人が強い。

「叔父上は婿養子だからね。いつも叔母上の尻に敷かれてる」

「あ……」

バレン様の一言で、私は二人の関係をある程度理解できてしまった。

「さて、よければ、僕から今回の経過を詳しく話そうと思う」

先ほどのあらましを、バレン様がまとめて説明してくれるつもりのようだ。

「でも、その前に……まずは少し休んで欲しいな。ポールやリュークは女装姿だし、着替えてくるといいよ」

「は、はい。理事長先生！」

彼らにとってのバレン様は、第二王子というより理事長の印象が強いのだろう。

ポールたちが着替える間、ナゼル様は私を部屋へと促した。

部屋の中はきれいに掃除がされていて、公爵夫人が気を回してくれたのか使用人が飲み物とお菓子を置いてくれている。ブドウジュースに新種の菊芋チップスだ。

（赤や黒ではないから、辛くないはず）

ケリーは別室を借りてポールたちの女装を戻しにかかっている。トッレもケリーを手伝うためについていった。

「アニエス、改めてお疲れ様」

ブドウジュースを飲む私の額に、微笑みを浮かべたナゼル様が口づけを落とす。

「ナ、ナゼル様こそ、お疲れ様です」

実は一番疲れたのは馬車の中でのあれこれだが、それは黙っておく。

飲み終わったグラスをテーブルに戻し、私はナゼル様を見上げた。

「ナゼル様……今日のこと、改めてごめんなさい。ご心配をおかけしました」

「君が無事で、元気でいてくれることが一番だよ。ちょっとハラハラしたけれど、君は立派にポールたちを守ったんだね」

「へうっ」

緊張のあまりおかしな声が出たけれど、何事もなかったかのように平静を装う。

すると、ナゼル様は少しだけ口元を緩め、私を近くのソファーへ座らせた。

「立ちっぱなしはよくない。今日は無理をしただろうから横になろう。君はいつも、よく動くからね」

「いえ、私は至って元気ですので、まだ起きていられます」

「いいから」

ナゼル様の言葉に押し負け、言われるがまま私は横向きに寝転がる。

「俺の方こそごめんね。やっぱり君が関係することだと余裕がなくなってしまうんだ。アニエスがどんなに対策を立ててきていてもね」

「ナゼル様……」

彼は私の横になったソファーの前に膝を立てると、ゆっくり髪をなで始める。

「君は俺の予想の斜め上を行ってばかりで、いつもハラハラさせられる」

「それはすみません」

「でも、そこがアニエスのいいところでもあるんだよ」

それから、ナゼル様は今日あった出来事や、これまでのことについて全て教えてくれた。

「そもそも、俺は最初からマスルーノ公爵を全面的に信用していなかった。彼がアニエスの魔法について話し始めたときからね。君の価値に気づいた人間が、それを放置しておくわけがないから」

「バレン様は？」

「ヌワイエ夫人と一緒で、スートレナとの関係悪化を心配していた。アニエスに手を出されて俺が黙っているはずがないからね。アニエスの魔法がわからない以上、余計に今は事を構えたくないって……バレン殿下は妹思いだよね」

ナゼル様は少しだけ皮肉げな顔になっていた。

「ポルピスタンの人たちは一枚岩ではないということですね」

「そうだね。マスルーノ公爵はアニエスを利用したいと思っていたみたいだけど、ヌワイエ夫人やバレン殿下の方が現実的だ。俺の性格をよくわかってる」

でもね、とナゼル様は言葉を続ける。

「アニエスの魔法があれば、怪我をしない無敵の騎士を大量に生み出せてしまう。本当のことを知れば、きっとどの国も君を喉から手が出るほど欲しがるだろう」

事実、私は魔力量が多いので、ナゼル様の言っていることを実現できてしまう。ついでに無敵の武器や防具や城壁だって量産できそうだ。

「バレン殿下はアニエスの強化魔法を見たり、試験で違和感を感じ取ったりして、何かに気がついたみたいだった。それならアニエスを強引に攫って反感を買うより、うちに恩を売って味方につけてしまおうと考えたみたい。まあ、ビッグホッパーの件で差し引きゼロだけど」

「私を無理に攫ったりするよりは心証がいいですね」

「そういうこと。今回はヌワイエ夫人が味方についてくれてよかった。アニエスは彼女に気に入られたんだね」

「ヌワイエ夫人は、珍しい『隠密』の魔法の使い手でした」

「とても便利と言われる魔法の一つだね。特に上位の『隠密』を使えば、よほどの手練《てだ》れでも気づけない。公爵夫人の魔法はおそらくそれだろう。彼女が暗殺者ではなくてよかった……もっとも、今の俺の体に刃物は刺さらないけど」

デービア様の事件以来、ナゼル様の体には私の「絶対強化」が何重にもかかっている。今や彼の皮膚は刃物を全く通さないのだった。

「それでも、『隠密』はちょっと怖い魔法です」

今回は彼女が味方になってくれて運がよかったけれど、もし敵側だったと考えるとゾッとする。

「さて、今日の真相については俺からアニエスに話したことだし。もうすぐ階下でバレン殿下からの説明があるけど、アニエスは出なくて大丈夫だよ」

「あっ、もしかして。正直に教えてくれたのは、それも目的でした？」

「バレン殿下の熱い視線に、アニエスを晒したくないだけだよ」

うっすらと微笑むナゼル様は、この日も計画的だった。

❻ 芋くさ夫人と蘇った大地

事件の事後処理も完了し、少し長引いてしまったポルピスタンの滞在にも終わりが近づいていた。

私はナゼル様の言いつけを守り、今度はバレン様の用意した別の宿でゆっくりと日々を過ごしている。

こちらもマスルーノ国立学校から距離の近い宿で、時折ポールたちが遊びに来てくれた。

（ポールの目的の中にはケリーと会うことも多分に含まれているようだったわ。むしろ、ケリーに会いたいから私をダシにしているような……）

最近はポールどころかリュークまでケリーを意識しているように見受けられる。異性に慣れていないと言っていたのに。

（ケリーってば、モテモテね。また新たな年下男子を虜《とりこ》にしたみたい）

けれども、彼女の好みは年上だし、今は仕事一筋だと言っていた。ケリーが恋に目覚める日は、まだまだ先かもしれない。

今は男性を女性に見せる技術に磨きをかけるべく、彼らを相手に練習している。

その腕はポールたちが変装したときよりも、さらに上がっていた。

「さて、いよいよ明日はマスルーノ公爵領を発《た》つ日ね」

今日も私は宿でのんびり体を休ませていた。ナゼル様も一緒だ。

宿泊している宿は外が広い庭になっていて、自由に散歩をすることもできる。宿を手配したバレン様が、妊娠中の私のために気を回してくれたようだ。

あれからマスルーノ公爵も、私の魔法に関して諦めた様子だった。ヌワイエ夫人のお仕置きが効いたらしい。

バレン様からはもちろん、ポルピスタンの国王からも、一旦公爵にストップがかかったようだ。

今後事態がどう動くかは未知数だが、とりあえずは切り抜けられたと考えていいだろう。

（私の魔法は過去にポルピスタンにいた聖女とは違う種類のもの。それがわかっただけでも収穫と考えましょう）

デズニム国に言い伝えられている聖女とポルピスタンの聖女は、魔法の性質や出現年代からして、おそらく同一人物だ。

それ以前にも現れたことがあるらしいが、詳しい記録は残っていない。

ポルピスタンは今後、マスルーノ公爵領を中心としたビッグホッパーの被害地域の回復や補償にてんやわんやになりそうだ。

（ポルピスタンの食料の多くを、マスルーノ公爵領が担っているのよね）

とりあえず、スートレナは菊芋の苗を追加で出荷。そして、余剰の食料もポルピスタンへ輸出することになった。

スートレナとしては収入が増えるからいいが。

考えていると、不意にお腹《なか》をつつかれたような感覚がして、私は声を上げた。

「あ、赤ちゃんが動いた!?」

「本当!?」

近くにいたナゼル様が早足で近づいてくる。

「触ってみてください」

そっとナゼル様が私のお腹に触れると、動いていた赤ちゃんがスンッと静かになる。

(あれ……?)

驚いてしまったのだろうか。

「動かなくなってしまいました」

そのうちまた動きがあるだろうと思い、私たちは特に気にしないことにした。

「ナゼル様、外を散歩してきていいですか?」

「俺も行くよ」

彼に支えられ、部屋にある庭に面したガラス戸を開ける。

この宿の部屋からは、すぐ外へ出られるようになっているのだ。

宿の庭も少しだけビッグホッパーの被害を受けていて、一部は花が枯れてしまい補修中だ。

私は荒れてしまった箇所まで来て立ち止まった。

魔獣の魔力に当たった地面が、なんとなく紫色に染まっている。

「生えないのは作物だけかと思っていましたが、花も駄目みたいですね」

「ストレナの状態は、土壌がある程度回復している過程なのかもしれない。元に戻るには、まだまだ時間がかかりそうだけど」

じっとむき出しの土を見ていると、不意にお腹の中で何かがむぎゅっと動く。

「あ、また赤ちゃんが動いたみたいです」

しかも、今度は若干動きが激しい。ナゼル様が今度こそはと私のお腹に手を置く。

「本当だ。俺にもわかった」

顔を見合わせ笑い合っていると、私のお腹の中の赤ちゃんもにゅるにゅると動いた。

「それにしても、枯れた大地を見るのは心が痛みますね」

「この先回復まで何百年も、あるいはそれ以上かかるだろうからね」

「土も強くなればいいのに……」

私がぽつりと呟《つぶや》いた瞬間、不思議なことが起こった。

何も生えていないビッグホッパーの毒にやられた地面から紫色が抜け、ポコッと一輪の花が生えたのだ。

「あら、ナゼル様の魔法ですか？」

魔法で植物を出してくれたのかと思い、私は彼に問いかける。

だが、ナゼル様は不思議そうな顔で首を横に振った。

「今のは俺じゃない」

「えっ……じゃあ、一体どういうことでしょう。まさか、私が強くなればいいのに……とか言ったせいではないですよね」

すると、私が言葉を発するのと同時に、ポポポッとまた地面に小さな花がいくつも出現した。

紫色だった一角は、まるで以前の花壇に戻ったかのように花でフサフサしている。

「アニエス、土の紫色が完全に消えているね」

「本当だわ。でも、ナゼル様は魔法を使っていないんですよね」

「もしかして、これは、やっぱり……アニエスが土を強化してしまったんじゃ」

「そんな馬鹿な。あ、そういえば以前、神官のエミリオが私に『土地の強化もできる』……なんて言っていましたよね。試したことはなかったですが」

考えれば考えるほど、原因がそれしかないような気がしてきた。まるで、土が「浄化」されたみたいになっている。

「……とにかく帰ろうか、アニエス」

少し間を置き、ナゼル様が口を開く。

「はい、ナゼル様。何も見なかったことにしましょう」

私たちは、逃げるようにひとまずその場を立ち去った。これはむやみに広めてはいけない力だ。

歩きながら、ナゼル様はまた私のお腹を見つめる。

「この子が生まれる頃には、スートレナの畑事情は一変しているかもしれないね」

「はい、豊かになればいいですね」

ナゼル様に手を取られ、私は再び足を動かす。

「大騒ぎになったら困るから、しばらくの間、土を強化する場所は屋敷の庭だけにしてね」

「はい……」

ゆっくりと歩く二人を、明るく優しいポルピスタンの日差しが照らしていた。

※

あれから、私とナゼル様は無事にスートレナへ帰郷した。

ナゼル様はポルピスタンで捕まった逃亡犯たちを無事に王都へ引き渡し、ベルトラン陛下やラトリーチェ様から、ポルピスタンと食料の交易をする権利をもらっている。

向こうであった出来事は彼らの耳にも入っているようだ。

そして、ポールたちが無事に、卒業するための再試験に合格したという知らせも届いた。

しかも二人は首席で卒業するらしい。

ポールとリュークからそれぞれ、ケリーへ宛てた手紙も届いていた。本人だけが、それが恋文であることに気がついていない。

ポールとリュークは卒業後、ひとまずヘンリーさんのもとで修業することが決まった。

一通り仕事を覚えた上で、新しく増えた領地に異動することになるのだろう。

彼らなら、なんとかやっていくと思う。

たまに、バレン様からも手紙が届くようになった。ナゼル様はバレン様には下心があると言っていい顔をしないけれど。

浮気なんて絶対にしないつもりでいるが、ナゼル様はそれでも心配なのだそう。「アニエスの気持ちと彼の求愛行動は関係ないから」と、また難しいことを言っている。

(バレン様から直接求愛をされていないし、向こうは本気じゃないと思うけど)

ナゼル様は超がつくくらいの心配性だ。

庭のテラスで毎日のナゼル様による過保護な扱いに思いを馳《は》せた私は、半ば諦めた気持ちで、近くで戯れるジェニとダンクを眺めた。二匹のじゃれ合いは楽しそうだがとても激しい。

お腹はどんどん大きくなってくるし、しばらくは屋敷を中心に静かに過ごそうと思う。

ポルピスタンで学んだことを総動員し、学校についての構想を練るのが良さそうだ。

(なんだかんだで、ミーア殿下ってすごかったんだわ)

彼女はあんな状況で妊娠して、それでも強気だった。不安にはならなかったのだろうか。

今は私よりも先に妊娠したラトリーチェ様から色々話を聞けるので、ちょっと心強い。

「アニエス、そこにいたの？」

まったり寛《くつろ》いでいると、仕事を終えたナゼル様がやってきた。

彼は先ほどまで研究室に籠もって、新たな芋を生み出す実験を行っていたのだ。

「新たな芋の改良は進みましたか？」

「うん、アニエスの魔法で成長促進を手伝ってくれる？」

「お安いご用です」

ナゼル様の植物はそのままでも育つけれど、私の魔法の力で手伝えば、通常より早く成長して実をつける。手っ取り早く実験結果を見るのに適しているのだ。

（ただし、結果を変えないように魔法を加減しなくちゃね）

私の魔法をかけると、大抵の植物は強くなりすぎて普通に育ってしまう。それだと、今回のように魔法に頼らず自然に生える芋の実験結果が変わってしまう。

だから、魔法を極力弱くして、実験結果を変えないよう工夫しなければならないのだ。

（植物を改良せず、土自体を強化してしまう方法もあるけど……）

いきなりスートレナ中の土を強化すれば、国内外を問わず大騒ぎになるため、これまで通り作物の研究は必要なのである。

私はテラスから研究室へ移動し、ナゼル様が新たに実験している芋を確認する。

「これは……ジャガイモですね」

「そうだよ。植えている土はポルピスタンから持ってきた、ビッグホッパーが魔力を漏らしたあとの何も生えない土。ジャガイモが問題なく育ったら、菊芋のようにポルピスタンへ出荷したいね。あそこの国も菊芋ばかりでは飽きてしまうだろうから」

「芋から脱却した方がいいのでは？」

「うーん、でもスートレナでは芋が一番育てやすいんだよね。日持ちするし……あ、大豆も実験してみる？　トマトも今、苗を準備していて……」

「ぜひ……！」

実はナゼル様は芋好きで、こんにゃくを除き、三食芋料理でも気にしない人だ。

彼に任せると、荒れ地に強い野菜シリーズも、芋ばかりが生み出される状態になるかもしれない。

育てやすいし騎獣も大好きな野菜なので、優先はされるべきだろうけれど。

（ポルピスタンの人々が毎日芋づくしというのも可哀想《かわいそう》だわ。いろいろなチップスを作っても飽きるわよね）

話をしながら、私は目的のジャガイモに魔法をかける。

「強くなぁれ」

すると、ジャガイモの生長速度が加速し始めた。

「わわっ、実ができる前に芽かきをしないと……」

余分に伸びた芽を排除し、土寄せをしてから再び魔法をかけると、残りの葉が大きくなっていき花が咲き、徐々に枯れていく。

（葉が黄色くなってきたから、もう引っこ抜けるはず）

私は葉を摑《つか》んで「えいやーっ」と引っ張った。

「アニエス、それは俺がやるから。君は力仕事をしては駄目だよ」

ナゼル様ストップがかかったので、私は彼が芋を掘る間、部屋の隅っこで待機する。ナゼル様はスコップで丁寧に土をかき分けていた。

（芋掘りをするナゼル様……スマートで爽やかで格好いいわ）

熱い視線で見つめられているのに気がついたのか、ナゼル様はこちらを振り返って機嫌良さそうに微笑《ほほえ》む。

掘り上げた芋は、毒性がないかチェックの上、問題ないようだったら量産体制に入る予定だ。

「では、私は芋料理の知識をさらに極め、魔法なしで育つ芋を人々に普及しましょうか」

「アニエスは安静にして」

「……そうでした」

もどかしい思いもあるが、あと数ヶ月すれば可愛い我が子が生まれてくるので我慢だ。

「君の魔法なしで育つ作物が増えれば、アニエスの負担だって減らせる。君は聖女じゃないんだし、無理をすることないよ」

知らないうちに、ナゼル様はちゃっかりデズニムの王宮へ、私の魔法がかつて存在したポルピスタンの聖女と同じ種類ではなかったことを伝えたらしい。

「これで一安心」

土の強化のことを考えると、不安がないわけではないが……いや、私が聖女ということはないはずだ。結界も張れないし。

「ナゼル様……でしたら、力は弱いかもしれませんが、ロビン様の魔法の方が、かつての聖女に近かったかもしれませんね」

「あんなのが聖女だったらゾッとするけど」

この間来た報告書では、ロビン様はセンプリ修道院で日々、清く正しい生活を送っているようだ。

「最近では、ルブータ元神官長と仲がいいみたいです」

「変態同士、気が合うんだろうな」

ナゼル様はあの二人に対してシビアだ。ロビン様は当然のことながら、ルブータ元神官長に対しても結婚式の会場を破壊した相手なので怒っているのだ。

記憶力がいいナゼル様は、実はわりと根に持つ性格である。

「さて、アニエス。芋の実験は一段落したから、今度は休憩に付き合って」

「……私、さっきまで休憩していましたよ？　ナゼル様は私に甘すぎます」

「アニエスはもっと休まないと」

「休みすぎて芋になりそう……」

「俺は芋も好きだけど、アニエスの方が好きだからそのままでいてくれると嬉《うれ》しいな」

くすりと笑ったナゼル様のご尊顔が近づき、私は朝から数えて本日何度目かのキスをされたのだった。

その後、自室の机に向かった私は、一番上の引き出しからノートとペンを取り出した。

これから新しくスートレナに建設する学校について構想を練るためだ。

（妊娠中であまり動けないけど、こういう仕事ならできるわ）

まずはたたき台として、希望者に仮の学校での授業を受けてもらって感想を聞きたい。

（最初は簡単な学校がいいわね。希望者は、たしか屋敷のメイドの子たちが手を上げていたっけ）

現在も教養ある元令嬢たちが仕事を通じ、文字が読めない子には文字を、計算ができない子には計算を教えている。

だから、全員が役人になるための学校に通う下地ができていた。

それらができない人に向けた学校は、「初等学校」として別で作る予定だ。

（次は先生ね。今いるメイドの中に教養のある令嬢もいるから声を掛けてみましょう。役人の副業が禁止されていないなら、ポールやリュークにも提案してみようかしら）

なんにせよ、まずは動くのが大事だ。

学校の場所は、砦《とりで》の一室を借りられることになった。中は二十人ほどが授業を受けられる広さである。

授業内容はヘンリーさんに確認してもらい、役人に必要な項目を入れることにした。

準備は着々と進んでいる。

開校はまだ先だけれど、子供が生まれる頃には学校建設の話ができあがっていそうだ。

その日を楽しみに、私は計画を練り続ける。

※

ぬるい隙間風が入り込む、センプリ修道院の自室でロビンは窓から星空を睨《にら》んでいた。

自室と言っても、相部屋だが。

狭い空間の中で、ペチペチと何かを叩《たた》く高い音が響く。ロビンは眉を顰《ひそ》めた。

「……」

数年にわたり、清く正しい禁欲生活を送っているロビンの怒りは、もはや頂点に達している。

同じく禁欲生活を送らされている上に、沸点の低い性格のルブータもまた、怒りが頂点に達していた。

ロビンより怒りっぽい彼は、いつも鞭《むち》の代わりに穿《は》き古したふんどしを持ち、若い未婚令嬢の代わりに丸めた修道服を打ち据えている。

そのような奇行を毎日のように見せられ、ペチペチ響く音を聞かされる同室のロビンは、ストレスではげそうだった。

（あの鬼修道士め！　何が『知り合いなら同室でいいだろう』だよ。こんなヤバいオッサンだと知ってたら、是が非でも拒否したのに……ていうか、実際拒否していたのに！）

ロビンの意見は全く受け入れられなかった。

（それもこれも全部、ナゼルバートのせいだ！　もしここから出られたら、絶対に復讐《ふくしゅう》してやる！）

ギラギラと目を光らせて決意していると、ルブータが振り回していたふんどしが、彼の腕をすっぽ抜けて飛んできて、ロビンの顔にペチッと当たった。最悪だ。

（おのれ、ナゼルバート……！）

本人のせいでないことまでも、ナゼルバートのせいになり、ロビンはひたすら恨みを募らせる。

「ああっ、もうっ、オッサン！　いい加減にしろよ！」

「静かにしてくれないか、ロビン殿。今いいところなんだ」

「うるさいのはあんただよ！　毎晩毎晩懲りもせず、ふんどしを振り回して！」

「紳士のたしなみだ」

「どこが紳士!?　変態の間違いだろ！」

言い争いをしていると乱暴に部屋の扉が叩かれる。

「またお前らか！　うるさいぞ！　もう消灯時間だ！」

見回りの先輩修道士である。

目をつけられているロビンたちの部屋には、毎日監視が来る。

「あーもう、先輩〜、部屋変えてよ〜！」

「早く寝ろ！」

「……」

これまでロビンはひたすら耐えてきた。

文句を言い続けてはいたが、行動は起こさなかった。

（くそ、魔法さえ使えれば）

センプリ修道院へ入る前、ロビンの魔法は封じられた。

そういう魔法を扱える者がいるのだ。

彼らは神殿にいる「鑑定士」のように、「封印士」と呼ばれて独自に国に管理されている。

普段滞在しているのは、主に王城や拘置所などだ。

ちなみに、待遇は鑑定士よりもいいらしい。

とはいえ、通常の封印士の力は弱く、一人では他人の魔法を封じることができない。

その上、定期的に魔法をかけ直さなければ、封印の効果が薄れてしまうのだ。頻度は年に一回と言われている。

（そろそろ、封印のかけ直しの時期なんだよねー）

また誰かが数人、修道院へと派遣されてくるだろう。

（なんとか逃げられないかなあ）

過去に何度か、ロビンは隙を見て修道院から逃げだそうとした。

しかし、いつも鬼修道士に見つかって連れ戻され、ふんどし一丁で体術訓練に参加させられる。

（体術は前より強くなったけどぉ……）

見張りの修道士が去ったのを確認し、ロビンは寝る準備を始める。

ここの朝は信じられないくらい早いのだ。

そして、体操に掃除に炊事洗濯！　雑用は全部ロビンたち下っ端がやらされる。

王配としてちやほやされる生活を知ってしまったロビンは……だがしかし、器用だった。

花街で暮らしていた頃の経験が活《い》き、普通に家事をやれてしまう。

けれども、こんなのぜんぜん嬉しくない！

（まったく家事のできないルブータのお守《も》りまで任されるし、これならまだ赤ん坊の面倒を見ていた方がましだよ！）

ろくに赤子の面倒を見なかったロビンは、子守りに関して謎の自信に満ちていた。

そんなことをしているうちに、ルブータは大きないびきをかいて眠り始める。この男は寝言と歯ぎしりもうるさい。

イライラを頭の隅へ追いやり目を閉じていると、不意にまた足音が聞こえてきた。今いる部屋に近づいてきているようだ。

（さっきの見回り担当、また文句を言いに来たのか？）

ロビンは簡素なベッドから下りてスリッパを履き、木の床を扉に向かって進む。

「なんだよー。俺ちゃん、もう寝るってば」

扉を開けたロビンの前にいたのは、しかし修道士ではなかった。

「あなたがロビン？」

黒いフードを被《かぶ》った、水色の髪の怪しげな男。年はロビンと同じか、それよりも年下に見えた。

「誰、あんた。見ない顔だけど、ここの新人？」

問いかけると、男は薄ら笑いを浮かべて首を横に振った。

「私は修道士ではないよ。とある人に依頼されて、あなたを迎えに来た」

「それって、どこのどいつ。そんなこと言われてホイホイついて行くほど、俺ちゃんは尻軽じゃないよ」

「つれないな。あなたの噂《うわさ》を聞いて、はるばる他国から来たというのに。では、これで信用していただけるかな」

怪しい男は、そう告げるとロビンの方へ手を伸ばし、掌《てのひら》から淡く光り輝く何かを放った。それはロビンの体を優しく包み込む。

「何これ、やべーんだけど。俺ちゃん、発光してるんだけど」

しかし、特に体に異常はないまま、しばらくすると光は消えていった。ロビンが多少騒いでも、ルブータはグースカ寝ている。

「あんたさ、俺ちゃんに何したの」

「私の魔法は『解除』。あなたにかけられた魔法の封印を解きました。今のあなたは通常通り魔法を使えるはずですよ」

「そんなことして、一体あんたに何のメリットがあるわけ？」

ロビンは疑《うたぐ》り深かった。

「もし誰かに遭遇したら、脱出を手伝っていただきたいのです。我々は、少人数ですから」

「そうなんだ。で、俺ちゃんがあんたに手を出さないとでも？」

「手を出したとして、あなたにメリットがありませんよね？　仮にあなたが私たちを捕まえても、あなたの生活に何ら変化はないはず。釈放もされないし、日々の暮らしも改善されない」

ロビンは考えた。このまま修道院で生活し続けるか、リスクを冒して男の誘いに乗るか。

（魔力は本当に戻っているみたいだけど……）

ルブータはまだ眠っているし、ここにロビンの行動の邪魔をする人間はいなかった。

「さて、どうします？　そろそろ脱出しなきゃいけない時間なんで……」

「俺ちゃんは、俺ちゃんは……」

迷った末、ロビンはキッと顔を上げた。

「連れて行きなよ。ただし、嘘《うそ》だったらそれ相応の報復をするからね。俺ちゃんの魔法が無害だと思ったら大間違いだし？」

「それでいいですよ。そっから先は、お偉いさんの管轄だし」

フードの男はあっさりした態度で身を翻す。

「さあ行きましょう、ロビン。仲間が待ってる」

「はいはい」

ロビンは後ろを振り返らなかった。

番外編1　年下男子たちの攻防

ケリーは最近、不思議に思っていることがある。

なぜか自分宛の手紙が頻繁に届くのだ。

（ナゼルバート様やアニエス様宛ならいざ知らず、私宛とは……）

しかも、差出人は砦《とりで》の職員コニーに、アニエスの弟ポール、その友人のリュークときた。

（それにしても、皆さん、どうして私に……？）

彼らとの接点は、そこまで多くはないと思う。特にリュークと関わったのは、ポルピスタンへ行った際に女装を手伝ったときくらいだ。

ナゼルバートへの賄賂《わいろ》なのかと考え、魔法で彼ら三人の心のうちを見たことがある。

しかし、感じられたのは純粋な好意だけだった。それも、とても大きな好意だ。

ケリーの魔法は相手の心情をざっくりと見る弱い魔法だが、それにしても好意が大きすぎる気がする。

ますます、わけがわからない。ケリーは困惑した。

（嫌われるよりは、好かれる方がいいですが……）

この日もまた、三通の手紙がケリー宛に届いている。いずれも例の三人からだった。

（皆さん筆まめなのですね。見習わなくては）

デズニム国の識字率は諸外国に比べると高く、ケリーもベルトランに拾われた際に文字を習って覚えている。

返信を書くことはできる……が……。

（彼らのように、ほぼ毎日書くのは難しいです。一体、彼らはどこから様々な話題が出てくるのでしょう）

そう思いつつも、律儀《りちぎ》なケリーは筆をとった。

※

コニーの住まう独身職員寮のポストに、明らかに女性からと思われる上品な封筒が届けられていた。

白い封筒の隅には、同色で小さな花の模様があしらわれている。

（こ、これは……！　ケリーさんからの手紙！）

さっそくコニーは丁寧にペーパーナイフで封を切る。

中にもまた上品でシンプルな便せんが入っていた。

スーハーと息を吸うと、仄《ほの》かにいい香りがする。

書かれている内容も、季節の挨拶とシンプルな近況報告。しかし、それがケリーの素晴らしいところなのだ。

（ケリーさんっ！　好きですっ！）

便せんに並ぶ文字を見ただけで、コニーの仕事でのストレスが吹っ飛ぶ。

最近はやたらとつきまとってくる問題の新人のせいで、気が休まらない日々が続いていた。

（先輩たちはあの女に甘いし、いつの間にか俺が教育係にされているし）

理不尽な日々の中で、ケリーだけがコニーの心のオアシスなのである。

砦の職員たちにも人気のケリーだが、彼らは個別に手紙を送ったりしていない。

これは騎獣の世話のアドバイスなどで屋敷に出入りできる、自分だけの特権なのだとコニーはほくそ笑んだ。

※

ポールの学生寮にケリーからの手紙が届いた。

隣国なのでやや時間がかかるものの、デズニムとの手紙のやりとりは可能だ。

ケリーらしいシンプルな封筒と便せんの組み合わせを見るだけで、ポールの心が満たされる。

内容も、彼女らしい理知的な文面だ。

（ケリーさん、好きです！）

一人前の役人になり、ケリーに相応《ふさわ》しい男に成長したら、彼女に告白するとポールは決めていた。

しかし、問題が一つ浮上している。

ポールは寮の同室であるリュークをチラリと見る。

彼も自分とまったく同じ封筒を手にしていた。

（ま、まさか……！）

リュークはうっとりした表情で手紙を胸に抱きしめている。

「ねえ、リューク。その手紙って」

「これ？　ケリーさんからだよ。ケリーさんって格好いいよね、憧れるなあ……」

（やっぱり！）

ポールは若干ショックを受けた。まさか、好きな相手が親友と被《かぶ》るなんて！

（くっ……ケリーさんが僕だけを意識してくれているかもなんて思い上がりだった。僕はまだ弟枠
……気になる異性枠ではないんだ。もっと頼れる男にならなくては！）

部屋の隅にある木箱から、ポールはダンベルを取り出した。

（トッレさんのような、格好いい漢《おとこ》になるんだーっ！）

こうしてケリーの知らない場所で、少年たちによる熱くもどかしく激しい恋の戦いの幕が、静かに切って落とされていたのであった。

番外編2　芋祭り

スートレナの砦《とりで》では今年、領地を盛り上げるイベントが検討されていた。

数年を経て、ずっと苦しかったスートレナ領民の生活が劇的に向上したからだ。

人々の気晴らしと、領内の農産物の消費を促すため、何かしようということになった。

イベントなら、領地の外からも人がやってくる。

生まれ変わったスートレナのいい宣伝になるだろう。

「というわけで、何か案はあるだろうか」

議長のナゼルバートが役人たちの意見を伺う。

「はい！　騎獣レースがしたいです」

手を上げたのはコニーだった。

「面白そうだね。しかし、レースコースの整備に費用と時間と人出がいる。できれば、今年中に開催したいんだ。でもいい案だから、騎獣レースは要検討ということで」

続いて手を上げたのは、ヘンリーだった。

「食べ物を持ち寄れる祭りなどいかがでしょうか」

「いいね。具体的には？」

「そうですね、何か代表的な野菜を決めて……」

「芋にしよう」

領主の一声で、スートレナ初の「芋祭り」が開催されることが決まる。

その日、屋敷に帰ってから、広いリビングでナゼルバートは愛《いと》おしい妻に祭りのことを報告した。

「……そういうわけで、芋祭りの開催が決まったよ」

妊娠中の妻アニエスは、ゆったりとソファーに腰掛け、熱心に読書していた。

持っている本を見ると、「辺境の小動物」と書かれてある。

彼女は魔獣や獣など、多様な生き物が好きなのだ。

ただし、虫系はそれほどでもないらしい。ビッグホッパーにはたいして興味を示していなかった。

「まあ、芋祭り？　面白そうなお祭りですね」

ナゼルバートの言葉に、アニエスは愛らしい顔を輝かせる。

（攫《さら》って閉じ込めてしまいたい）

しかし、正直に告げると、アニエスは恥ずかしがって逃げ出そうとしてしまう。それを愛《め》でるのもいいけれど、今は普通に話をしたい。

ナゼルバートはアニエスの隣に腰かけた。

「祭りでは、スートレナ産の芋料理の屋台がたくさん並ぶ予定だよ。騎獣の停留所を整備して、近隣にある他の領地のお客さんも呼び込む予定」

「素敵ですね。私も屋台を見て回れたらよかったのですが……」

人も多いだろうから、妊娠中期のアニエスが屋台を回るのはさすがに危険だ。

「祭りは今年だけではないし、アニエスのもとには祭りに並ぶ芋料理の試作を運ぶよ。一緒に審査してくれる？」

「喜んで！」

アニエスに笑顔が戻って、ナゼルバートは心底ほっとした。

何にでも取り立てて関心を寄せないナゼルバートだが、こと妻に関しては別だ。

彼女の一挙一動に敏感に反応し、小さな変化でも動揺が止まらなくなる。

「可愛《かわい》い……」

つい、心の声が漏れてしまった。

すると、アニエスの頬が一瞬にして薔薇色《ばらいろ》に染まる。

（可愛すぎて胸が苦しい……）

我慢ができず、ナゼルバートはアニエスの背中に手を回す。アニエスの頬はさらに赤くなった。

「ナゼル様っ⁉」

慌てる姿がさらにナゼルバートの庇護欲《ひごよく》をついてくる。

（駄目だ、アニエスは妊娠中なんだから、無理をさせてはいけない）

理性を総動員して自分を抑える。

（この気持ちは手紙にしたためて、スートレナの神殿の『お悩み相談室』に送ろう。ソニア嬢に恋するエミリオなら、俺の思いをわかってくれるはず）

勝手にエミリオを同志認定したナゼルバートは、このあとの予定を決めた。

※

そして、待ちに待った芋祭り……に出す料理の試食会の日がやってきた。

現在アニエスは妊娠八ヶ月。お腹《なか》もかなり大きくなってきた。

最近は子供のいるメイドに赤ん坊のことを聞いたりして、自分でも勉強しているみたいだ。

一生懸命なアニエスが、何かにつけて愛おしい。

この日、屋敷のダイニングには、ありとあらゆる芋料理が並んだ。

ふかし芋、煮物、バターが香るジャガイモ、揚げた里芋、スイートポテト……

「う～ん、嬉《うれ》しい～！」

「アニエスの好きなものを多めにしてみたんだ」

かなり私情が入っているが、実際に人気の食べ物なので問題ないはずだ。

「ナゼル様、ありがとうございます！」

最近のアニエスは胎児がお腹にいるせいなのか、甘いものが食べたくなるようだ。

アニエスの体調もあり、ダイニングにいるのはナゼルバートとアニエス、ケリーなど比較的親しい使用人だけ。

アニエスはのんびり食事している。

もちろん、芋だけだと栄養が偏るため、普段の食事はバランスが考えられたものになっている。

「はい、ナゼル様。あーん」

何気なくアニエスが差し出した芋を口で受け取る。

いつもアニエスにしていたら、彼女もこのコミュニケーションを覚えてしまった。

意図しなかったこととはいえ、しめしめと思わなくもない。

穏やかな時間が過ぎていく。

通常の仕事に加え、祭りの準備は忙しかったが、やってよかったと心から思ったナゼルバートだった。

あとがき

このたびは「芋くさ令嬢ですが悪役令息を助けたら気に入られました5」をお手にとっていただきまして誠にありがとうございます！

皆様のお力により、芋くさ令嬢シリーズが5巻を迎えることができました。

本当に嬉《うれ》しく、心より感謝申し上げます。

さて、5巻では成長したポールが登場します。（私はエバンテール家メンバーが好きなので、たびたび話題に出てきます笑）

くろでこ先生の描かれる、たくましく育ったポールはとても精悍《せいかん》な青年で将来が楽しみです。ポルピスタン組は全員かっこいいですね！

5巻でも大変お世話になりました編集様、この本に携わってくださいました関係者の皆様、そしてお話を読んでくださった読者様、本当にありがとうございます。

桜あげは

芋くさ令嬢ですが悪役令息を助けたら気に入られました 5

2023年2月25日　初版第一刷発行

著者　桜あげは
イラスト　くろでこ
発行者　永田勝治
発行所　株式会社オーバーラップ
〒141-0031
東京都品川区西五反田 8-1-5
校正・DTP　株式会社鷗来堂
印刷・製本　大日本印刷株式会社

ISBN 978-4-8240-0421-5 C0093

【オーバーラップ　カスタマーサポート】
電　話　03-6219-0850
受付時間　10時〜18時（土日祝日をのぞく）

作品のご感想、ファンレターをお待ちしています

あて先：〒141-0031　東京都品川区西五反田 8-1-5 五反田光和ビル4階　オーバーラップ編集部
「桜あげは」先生係／「くろでこ」先生係

スマホ、PCからWEBアンケートにご協力ください

アンケートにご協力いただいた方には、下記スペシャルコンテンツをプレゼントします。
★本書イラストの「無料壁紙」　★毎月10名様に抽選で「図書カード（1000円分）」

公式HPもしくは左記の二次元バーコードまたはURLよりアクセスしてください。
▶ **https://over-lap.co.jp/824004215**
※スマートフォンとPCからのアクセスにのみ対応しております。
※サイトへのアクセスや登録時に発生する通信費等はご負担ください。

オーバーラップノベルスｆ公式HP ▶ **https://over-lap.co.jp/lnv/**